新型コロナウイルスと闘った、韓国・大邱（テグ）の医療従事者たち

李載泰［編］

CUON編集部［訳］

JN074859

CUON

新型コロナウイルスと闘った、
韓国・大邱の医療従事者たち

目 次

第1部　新型コロナウイルスから学んだこと

第3部　新型コロナウイルス断想

［凡例］

・本文中、著者による注は（ ）内または†付きの脚注で、
　訳者による注は〔 〕内もしくは脚注番号付きの脚注で示した。

・原文では作品中の年齢表記は数え年で記されているが、訳文では日本の慣
　習にならい、特に記述がない限り満年齢での表記とした。

まえがき

──新型コロナウイルス感染確認からの
経緯

本書は、韓国のなかでも特に新型コロナウイルスの感染拡大が深刻だった大邱で、患者たちに向き合い、未知のウイルスと闘った医師、看護師など医療従事者31名による記録です。さまざまな立場から綴られた記録の中からは、治療の最前線の様子だけでなく、ウイルスに立ち向かう大邱の人々の姿が浮かび上がります。

　その記録をより深く理解していただくため、ウイルスの感染拡大状況とその対応の主な流れを、大邱を中心にここにまとめて記しました。

CUON編集部

1月20日

　韓国で1人目の感染者確認。患者は前日に武漢から入国した中国人女性。仁川空港の入国エリアで高熱などの症状を訴えていた。

　政府が感染病危機警報レベルを「注意」に引き上げる[1]。

1月27日

　感染病危機警報レベルが「注意」から「警戒」に引き上げられる。

　保健福祉部が「中央事故収拾本部」を設置。同部は、保健福祉部傘下の疾病管理本部（本部長：鄭銀敬）による防疫の支援や、各地域における感染拡大防止業務を担う。

---

[1] 感染病危機レベルは次の4段階に分かれている。
危機段階の低い方から、「関心」（海外の新種の感染病が発生または流行）、「注意」（国内に流入）、「警戒」（国内流入後、制限的に伝播）、「深刻」（地域社会に伝播または全国的に拡散）。

2月18日

大邱市で1人目の感染者（60代女性）が確認される（31番患者）。

2月19日

31番患者の通っていた大邱市・新天地教会の信者のあいだで集団感染が確認されたため、全国の信者名簿を確保し各地域で順次、全数調査に乗り出す。

18日から19日にかけて、疑い患者の相次ぐ来院により大邱市の上級総合病院5カ所のうち4カ所の救急センターが一時的に閉鎖される。

2月20日

韓国で初の死亡者が発表される（62歳男性）。

2月21日

韓国政府は大邱広域市と慶尚北道清道郡を「感染症特別管理地域」に指定。

大邱市長主宰の関係機関対策会議で、大邱医療院と大邱東山病院が新型コロナウイルス感染症専門病院に指定される。

2月23日

大邱市で初の死亡者発生（55歳女性）。同市では以降、一日に数十〜数百人ずつ新規感染者が増加する。

大邱の漆谷慶北大学病院がドライブスルー診療方式を検査現場に導入。以後ドライブスルー、ウォークスルー診療方式の検査所が各地に設けられる。

感染病危機警報レベルが「警戒」から最高レベルの「深刻」に引き上げられる。

9

政府最高の非常対策機関「中央災難安全対策本部」を設置。通常は行政安全部部長が務める本部長に丁世均国務総理を据えた。

2月25日

大邱市医師会長が会員医師5,700人に対しボランティアの呼びかけを行う。これに応じて、市内だけでなく全国から医師がボランティアに駆けつけた。

文在寅大統領が大邱市を訪れ、「新型コロナウイルス対応のための大邱地域特別対策会議」を開催。

2月27日

空床待ちのため自己隔離していた70代男性の陽性患者が、症状悪化により搬送中に死亡。病床不足を解消するため、重症患者と軽症患者を分け、軽症者を病院以外の隔離施設に収容する措置が急務となる。

大邱市の陽性者数が累計で千人を超える。

2月29日

大邱市での一日の新規感染者が最多の741人を記録。

3月2日

軽症患者用の隔離施設「生活治療センター」第1号が大邱市にオープン。これにより病院は重症患者の受け入れに専念できるようになった。

3月3日

全国の新天地教会信者約31万人のうち、未成年者や海外在住者などを除く約19万5千人に対する全数調査がほぼ終了。大

邸市在住の信者は約4,300人のうち6割以上に当たる約2,600人で感染が確認された。

3月8日

ソウル市九老洞のコールセンターで感染者確認。数日間で従業員や家族など約100人が集団感染した。

3月12日

大邱市内のコールセンター13カ所で新天地教会の信者を含む従業員57人の集団感染が判明。感染者は18日時点で21カ所の73人まで増加。

3月18日

大邱市のハンサラン療養病院で患者・職員計75人の集団感染を確認。

嶺南大学病院に入院中の16歳男性患者が多臓器不全で死亡。患者の感染判定を巡り一時的に嶺南大学の検査室が閉鎖される。

大邱市のテシル療養病院の職員2名が陽性判定される。

3月26日

テシル療育病院と同じ建物内にある第2ミジュ病院で、患者が1名陽性判定を受ける。以降、両院関係者の感染報告が次々と報告され、4月上旬までに288名の感染が明らかになった。

3月28日

大邱地域の軽症患者を受け入れていた、忠清北道堤川市の国民年金・清川リゾート生活治療センター運営終了。

4月3日

慶山市の医師（59歳男性）が診療中に感染し慶北大学病院で入院治療を受けるも死亡。医療従事者で初の死亡事例。大統領もSNSで哀悼の意を表した。

4月10日

大邱市の新規感染者数が初めて「0」となる。

4月16日

大邱銀行研修院を会場にした生活支援センターが運営終了。

4月30日

大邱・慶北の生活治療センターをすべて運営終了。

大邱広域市について

　韓国南東部に位置する、ソウル・釜山に次ぐ韓国第3の都市（人口約250万）。南北に山がそびえ、街の中心には川が流れるなど豊かな自然を有するとともに、経済・医療・科学技術の分野で存在感を増している都市でもある。

　朝鮮王朝時代から続く大邱の薬令市は韓国の三大韓方薬材専門市場の一つであり、韓国国内はもちろん日本、中国など諸外国へ漢方薬材を供給してきた。

　その大邱では近年、医療の発展とグローバル化を目指した「メディシティ大邱」プロジェクトが、官民協力のもと推進されている。「メディシティ大邱協議会」と市内の病院や医師会・看護師会等の団体、医療産業機関等が協力しあい、医療機関の共同協業事業の発掘および支援、医療サービスの改善および質の向上事業などが行われている。施策の一例として、韓国内で初めて医療の質を判断するための指標を設定し各病院をチェックしているほか、経済的弱者に対し医療費の減免を行う支援なども行われている。

　また、大邱市東区には新薬開発支援センターや先端医療機器開発支援センター、研究機関や企業の研究所、ベンチャーセンター等が揃った「大邱慶北先端医療複合団地」があり、韓国を代表する先端医療産業の拠点となっている。

　更には、市内に空港を有し陸路でもソウルからKTX（韓国の新幹線）で1時間50分、釜山から50分というアクセスの良さを活かした、医療ツーリズムにも力を入れている。

大邱広域市の地図と本書に登場する主な病院・施設（地区別・五十音順）

北区

東区

達城郡

西区

中区

達西区

南区

寿城区

達城郡

大邱広域市

ソウル
特別市

江原道

仁川広域市

京畿道

世宗特別自治市

忠清
北道

忠清
南道

慶尚北道

大田広域市

蔚山広域市

全羅北道

慶尚南道

釜山広域市

光州広域市

全羅南道

済州特別自治道

中区

- オルフォスキン皮膚科医院
- 郭病院
- 慶北大学病院
- 慶北大学医学部
- 啓明大学大邱東山病院

東区

- 大邱ファティマ病院
- 中央教育研修院（大邱第1生活治療センター）

西区

- 大邱医療院
- ハンサラン療養病院
- ハンシン病院

南区

- 新天地イエス教大邱教会
- 大邱カトリック大学病院
- 嶺南大学病院

北区

- 大邱市医師会
- 漆谷慶北大学病院

寿城区

- テギョン映像医学科医院

達西区

- 啓明大学東山病院

達城郡

- 第2ミジュ病院
- テシル療養病院

第1部
新型コロナウイルス
から学んだこと

新型コロナウイルス感染症が
韓国に与えた教訓

チョン・ギソク
翰林大学聖心病院　呼吸器アレルギー内科教授、
前・疾病管理本部長

　2020年2月18日に確認された新型コロナウイルス国内31番目の感染者は、大邱・慶北で感染が拡大する引き金となり、大邱地域の医療は瞬く間にまひ一歩手前になった。幸いなことに、これを書いている4月23日現在、大邱は再び安定を取り戻そうとしているが、その傷痕は長く大邱市民の脳裏に残るだろう。

　2016年2月3日に疾病管理本部長に就任した筆者が最初の頃、最も関心を抱いていた分野は、疫学調査の力量強化だった。そのために有能な疫学調査官の選抜と教育を速やかに開始した。感染内科分科専門医の資格を持つ医師、感染管理室に勤務した経験のある看護師や保健学専攻者など、37名が疾病管理本部所属中央疫学調査官に選抜された。以前は公衆保健医〔軍隊での兵役義務の代わりに、兵役に相当する期間無医村に勤務する医師〕が短期間、疫学調査官の任務に就いていたが、彼らの専攻は疫学調査ではなかった。今回の新型コロナウイルス感染症のパンデミックで見られたように、疫学調査とは疾病捜査とも言うべきものだ。病気に対する知識だけでなく、調査の経験も豊富でなければレベルの高い疫学調査はできない。

　2020年1月20日、国内最初の患者が仁川空港検疫所で確認

されて始まった疫学調査では、それまで疾病管理本部が図上訓練や現場出動の経験を通じて磨いてきた疫学調査業務の技量が存分に発揮された。感染者を次々と確認し、陰圧室に入院させ、接触者の調査、追跡、隔離などを行った。これらのことを秩序整然と成し遂げられたのは、MERSの時の失敗を繰り返すまいと心に誓った疾病管理本部職員の情熱と献身によるものだ。疫学調査官は一日にして育つのではない。経験の多い先輩に教えられながら幅広い知識を身につけ、普段から疫学調査の現場で経験を積んで、ようやく一人前の疫学調査官になれる。

　私が勤務していた時、世界保健機構（WHO）が小頭症の発生を危惧して「国際的に懸念される公衆衛生上の緊急事態」を宣言したジカウイルス感染症が2016年3月に国内に流入し、同年夏には15年ぶりで国内にコレラ患者が発生した。さらにその年の冬には鳥インフルエンザの伝播を遮断するため、全国各地に疫学調査官が出動した。こうした一連の事件を経て、疫学調査官たちは高い業務能力を身につけた。また、筆者は患者の医務記録を集めて疫学調査官と共に分析し、第一線の医療現場で医師たちが診断と治療に至るプロセスや、その際に発生する困難などについて議論し、臨床医としての経験を共有した。
　MERS以後、17の市と道で疫学調査官を2名ずつ選抜することになっていたのに、確認してみると、その規定はあまり履行されていなかった。ソウルや釜山が感染病管理本部を置いてなんとか形を整えていた程度で、大邱・慶北もあまり積極的ではなかったと記憶している。保健所の組織においても、感染病対応チームは重視されていなかった。平常時に人的資源に投資し、システムを整えていないとどういうことになるのか、ようやく私たちは知ることになったのだ。

大邱に投入された中央防疫対策本部の幹部たちは、大邱市が今度のような大量の患者発生に対する準備を怠っていたせいで、初期対応に多くの問題が生じたと指摘している。約250万人の大邱市民のために感染病管理本部を設け、専属の疫学調査官を選抜して準備をしていたなら、もう少し組織的な対応が地方レベルでできたのではないだろうか。それでも大邱市医師会と大学病院が中心となって混乱を早期に収拾したのは不幸中の幸いだった。それはメディシティ〔医療特別市〕として特化した大邱の、医療レベルの高さを示すものだ。

　大邱に新型コロナの感染が拡大したことには、1月27日に稼働した新型コロナウイルス感染症中央事故収拾本部（本部長：朴凌厚保健福祉部長官）が、感染症の危機警報のレベルを〈警戒〉に留めることに固執した結果、初期に十分な防疫態勢が取られなかったことの影響も大きい。地域社会に感染の兆候が見られた時点で〈深刻〉に引き上げ、国務総理が本部長になる中央災難安全対策本部が部署の垣根を越えて対応していたなら、大波に遭遇した難破船のようにはならなかったはずだ。

　防疫指針によれば、海外から流入した感染病の防疫は〈関心〉〈注意〉〈警戒〉〈深刻〉の4段階に分かれており、〈深刻〉は、国内に入った新種の感染病が地域社会に伝播したり、全国的な拡散が見られたりした時に出される。2月に入ってソウル、京畿、釜山、大邱など全国的な発生が感知されていたにもかかわらず、2月23日まで〈深刻〉に引き上げなかったのは全く誤った政策だった。感染確認者の数は多くはなかったけれど、もっと早急に対応態勢を強化しておけばよかったのだ。少なくとも2月16日に29番目の感染確認者が出た時には〈深刻〉に引き上げて、もっと積極的な政策を取るべきだった。疾病管理本部が新型コロナの国内流入初期にいち早く〈警戒〉に引き上げて対応したの

はきわめて妥当な措置であったし、こうした先制的防疫のペースを乱さないために、〈深刻〉への引き上げも適切な時期に行っていなければならなかった。

　わずか数日の遅れがどれほど影響するのかと言う人もいるかもしれないが、中国の『環球時報』は、韓国政府の政策決定が何日か遅れたせいで大邱にアウトブレイクが起こったという防疫専門家の言葉を伝えていた。その見解は正しい。

　患者が爆発的に増加している時は誰しも混乱するけれど、4つの医科大学〔医学部〕を有する大邱で、入院すらできないまま死亡した患者が発生したのは、非常に悔やまれる出来事だ。大邱地域の公共病院は、1月末から病室を一定部分空けておいて患者発生に備えるべきだった。これは公共医療機関を管理する国家の責任だ。大量発生初期に、すぐさま軽症患者の収容施設を手配しなかったのも残念だ。無症状または軽症の感染者を、大邱近辺にある公共および民間の研修センターやコンドミニアム等の宿泊施設にいち早く収容していたなら、中等症以上の患者がもっと簡単に入院できたのではないか。平時にこうした動員令を準備してあったら、どんなに良かっただろう。

　MERS以後、感染病専門病院設立の必要性が叫ばれるようになり、筆者が本部長をしていた時に嶺南地域〔慶尚道と大邱市、釜山市〕と湖南地域〔全羅道と光州市〕を対象に募集したけれど、大邱・慶北だけでなく、大多数の自治体は興味を示さなかった。もしあの時、大邱に感染病専門病院ができていたら、今回の事態にもっと効率的な対処ができたのではなかろうか。

　いっぽう、大邱・慶北が新型コロナの衝撃を全身で食い止めてくれたことは、わが国全体と国民に大きく貢献した。まず、

国民の意識が高くなり、皆が防疫当局の指針に積極的に従うようになった。2つ目に、クラスターの恐ろしさを直接目撃した政府がずっと緊張を緩めなかったおかげで、他の地域の発生が抑制できた。3つ目に、大邱・慶北以外の地方自治団体も大邱の状況を間接的に見て、自分たちの地域を守る対策を立てることができた。4つ目は、1日に5百人前後あった大邱・慶北地域の感染者発生数をひとケタに抑えるまでのノウハウは、世界に注目される防疫のモデルになった。さらに、月光同盟〔大邱市と光州市の交流協力関係を表す呼び名〕を結んでいる光州は、さまざまな面で大邱の苦難を共有して支援してくれたし、全国から大邱に来てボランティアで助けてくれた医師、看護師の献身と努力も、わが国民の底力を示すものだった。

　わが国はMERS流行の反省によって疾病管理本部を強化し、全国の医療機関が感染病に対する準備態勢を取っていたことと、国民の積極的な協力によって、欧米の先進国に比べ新型コロナを発生初期にうまく抑えたと思う。MERSで得た教訓を実践したのだ。しかしこれから先、新型コロナの第2、第3の波が、いつまた私たちを襲うかもしれない。同じ失敗を重ねてはならないし、そのためには各分野の専門家の意見を偏りなく聞いて総合し、最善の政策を立てられるよう体制を整えておくべきだ。今でも疾病管理本部の防疫原則についての意見が政策に十分生かされていないのを見ると、不安は残る。
　ウイルスが中国から流入するのを許してしまい、それが全国に広がったために大邱・慶北を襲った悲劇が、二度と繰り返されないことを切に願う。最後に、1月20日から現在まで、睡眠を削りながら防疫に専念してきた疾病管理本部の職員を始め、各地方自治体の防疫担当公務員の皆様に、心からの敬意と感謝を捧げる。

2020年　大邱の記憶、そして希望の春

キム・ゴンヨプ

慶北大学医学部教授、大邱広域市感染病管理支援団諮問教授

　2020年2月18日火曜日、その日から2カ月と少しが過ぎたところだが、はるか遠い記憶の中のようだ。大邱市で新型コロナウイルスの最初の陽性患者が公式に発表された日のことだ。大邱広域市の保健健康課、保健所、感染病管理支援団、大邱医療院および大学病院など、選別診療所[1]の職員たちは新型コロナウイルスへの対応に追われ、すでに1カ月以上、休日を返上したまま非常勤務をしているところだった。私は、そして私たちは「とうとう来るものが来たのだろうか」という恐怖と不安もあったが、さる2015年にMERSを経験し、それ以降の感染病管理体系の改善および訓練などを行ってきたので、正しく対応すれば大丈夫だろう、と楽観的に考えていた。

　中国は、武漢で12月末から原因不明の肺炎患者が発生しており、1月初旬に、その肺炎の原因がコロナウイルス感染症であることを公式に発表した。最初のコロナウイルス陽性患者だった。韓国国内では1月20日に、武漢から仁川に入国した中国人女性が最初の新型コロナウイルス陽性患者であると発表され、以後、ソウル、京畿、仁川など首都圏を中心に患者が発生した。

---

1) 咳や発熱など感染症が疑われる症状のある人が医療機関に立ち入る前に別途診療を受けられるようにしたスペース。

日本で発生したクルーズ船内での感染や、武漢にチャーター機を送り現地に暮らすわが同胞たちを移送する様子などが報道されるのを、私たちは不安な気持ちで見守るばかりで、これらすべての状況が大邱とは遠い出来事のように思っていた。中国の武漢で道を歩いていた患者が突然倒れる様子や、潜伏期の感染事例に関する報告などを動画で見て緊張してはいたが、確実ではないということ、また患者の80%以上は無症状あるいは風邪のような軽症であることが多いという論文や報道などを見て、それほど大きな問題ではないだろうと、割合安心していた。

2020年春、大邱の記憶

　大邱の最初の陽性患者が2月18日、疾病管理本部を通じて公式報道され、患者は翌日10名、その翌日23名、50名、70名、148名と増え、最初の陽性患者発生から6日目に、最初の死亡者が出、10日目にあたる2月27日に累計患者数が千人を超えた。2月29日に発表された新規陽性患者数は741名で、ピークに達した。陽性患者の治療のために、大学病院など、医療機関の救急室は閉鎖された。また医療従事者たちの自宅待機、病棟閉鎖などの事態により医療の空白が発生した。そして新型コロナウイルス患者の爆発的な増加によって、この患者たちを入院させることができる陰圧病室が不足し、2千名以上〔大邱市と慶尚北道をあわせた人数〕の患者が自宅待機をする状況になった。そして自宅待機しながら病室が開くのを待っていた患者が亡くなるというなんともやりきれない現実が、ここメディシティ大邱で起こったのだった。

　国内では、散発的で疫学的な関連性がはっきりしているコロナウイルス患者の発生から、原因を突き止めるのが困難な大規

模地域社会感染の発生にまで至り、大邱市では公務員、医師会、感染症専門家によって構成された「大邱市新型コロナウイルス非常対策本部」が作られた。私は2月18日の夜も遅い時間に市長室で開かれた非常対策会議に出席して以来、ほぼ毎日市庁に行って防疫関連の諮問会議に参加するようになった。中央政府からは疾病管理本部の即時対応チームと汎政府特別対策支援団を大邱市に派遣し、2月23日に、感染症の危機レベルを最高の「深刻」に引き上げた。大邱市庁10階にある大講堂を中心に中央省庁の公務員、大邱市公務員および感染病管理支援団職員、大邱市医師会の役員、感染病の専門家がともに働き、協力することができる空間ができた。初期の頃、大邱市は非常に緊迫しており、芳しくない状況の中で誰もが苦心し、疎通も容易にはいかなかったが、同じ階で働き、頻繁に会議を重ねていくうちに、ひとつ、ふたつと問題が解決し始めた。

　まず、病床の問題を解決するために、地域内の公共病院と軍病院、民間病院の病床を確保するとともに、全国にある病院の病床確保のためにも努力し、自宅待機中の患者のために、大邱市医師会のボランティア団の電話相談と重症度の分類、軽症患者のための生活治療センターの導入などを推進することになった。特に大邱市医師会所属の医師170数名が患者に直接電話をかけ、毎日相談にのり、患者の状態を把握したことと3月2日から施行された生活治療センターは自宅待機中である患者たちが治療を受けられない不安を解決するのに大きな役割を果たした。2月末、1日数百名の陽性患者が発生していたが、病院で治療を受けられずに家で待機していたり、空き病室がなくて救急車であちこちの病院を走り回ったりしたことは、今思い返しても背筋がひやりとする。

患者を治療するには十分な人材が必要で、医療従事者が感染しないように保護することが重要だ。初期には多くの医療従事者が保護具なしで陽性患者と接触することになり、2週間隔離されることもあった。しかし、指針が変更されたことや、保護具が支給されたことなどにより大邱内の医療従事者が患者を安全に診療できる環境が整い、地域内医療従事者を含む全国のボランティアが大邱に駆けつけ、公衆保険医師、軍病院、公共病院の医療チームの支援によって、患者の治療と検査が大きな支障なく進めることができるようになった。政府および大邱市からは、治療に必要な医療装備も支援され、医療用マスクなどの保護具が、病院・医院に支給されるようになった。もちろん最初の頃は、最前線の現場で医療従事者が不足したり、保護具や装備の支援がスムーズにいかず混乱し、困難なこともあったが、会議などでコミュニケーションをはかることで少しずつ落ち着いていった。

　患者たちの治療と同程度に重要なことは、疑いのある患者や接触者の発見と検査である。そのため、新天地[2]信者、老人ホームや精神科病院の医療従事者と患者、付添人、社会福祉生活施設の従事者など、危険度の高い集団に対する全数検査を推進し、既存の検査方法を改善したドライブスルー検査を世界最初に実施し、成果をあげている。

　大邱で陽性患者が爆発的に発生したことによって、国内のマスコミの関心が高まるとともに、あらぬ噂がたち、いわれのない差別が大邱市民と医療従事者をひどく傷つけた。ソウルの5大病院の一つは、病院のホームページに大邱・慶尚北道居住者または訪問者は病院への出入りと診療を拒否する内容を掲示

2）新興宗教「新天地イエス教会」。大邱で最初の陽性患者（31番患者）が新天地教会の集会に参加しており、信者の間で集団感染が確認された。

し、また政治家の「大邱封鎖」という発言によって政治がらみの騒動になったこともあった。中央省庁の公務員や専門家の中には、大邱の医療状況を正確に把握しないままにインタビューを受け、その内容と失言がマスコミによって報道されたことで、現地で患者の治療のために死闘を繰り広げている医療従事者たちを苦しめた。しかし、私たちには、大邱地域のために困難な道を選び、遠距離をものともせず全国のあちこちから駆けつけてくれた数多くのボランティア、大邱の患者たちをあたたかく受け入れてくれた他地域の病院、生活治療センターの医療従事者と地域住民たちが付いていた。再度お礼申し上げたい。「大邱はみなさんのことをずっと憶えています」と。

2020年春、大邱で希望を見る

　数百名単位で発生していた新規陽性患者の数は、最初の陽性患者の発生から24日目にあたる3月12日以降100名以下に減り、病院と生活治療センターで治療を受けて隔離解除された患者の増加によって、新規陽性患者よりも完治した患者が多いことをあらわす「ゴールデンクロス」が現れた。51日目にあたる4月8日以降、現在まで新規陽性患者数が一桁を維持しており、4月10日と17日には新規患者が出なかった。心配していた大邱・慶北の患者の患者は、首都圏を含む韓国のどの地域にも大規模拡散はしなかったことは実に幸いだった。大邱は大きな被害を受けたが、逆に考えれば、大邱によって韓国はコロナウイルスの被害が比較的小さくてすみ、防疫模範国家として認められるようになったのだ。しかし現在、ヨーロッパ、アメリカ、日本、中東、南米、インド、アフリカなど全世界のパンデミックは深刻な状況である。大邱は今も緊張の糸を緩めず、再びやって来る可能性がある二次大流行に備え、対応するために最

善の努力をしている。

　2020年春、大邱は誰よりもつらく、大邱のあちこちはコロナウイルスによって傷だらけだった。しかし、大邱市民は誰一人として、買い占めをしたり、大邱を脱出するために列を成して避難したりする姿は見られなかった。接触者たちは自宅待機を遵守し、自分と家族、そして隣人のためにマスクをきちんと着け、注意深く黙々と生活の中でソーシャルディスタンスを実践してくれた。大邱市医師会、メディシティ大邱協議会、地域内の病・医院が力を合わせて患者の治療および検査のための病床を提供し、医療従事者を派遣してくれた。コロナウイルス専門病院の医療機関の責任者合同対策会議を早朝に15回以上行い、グループチャットで随時現況を共有し、解決していった。透析患者、産婦や新生児、小児はコロナウイルスに罹患してしまうと致死率が高いため、その治療体系を構築するべく多くの人々の尽力と努力があった。集団患者が発生した老人ホームと精神科病院の患者たちを移送し、病室を確保するのには大変な困難があり、時間がかかったが、政府と地域が力を合わせ解決した。またコロナウイルスの患者だけでなく、救急患者、外傷患者、がん患者、一般患者も平常通り治療と診療を受けることができるように地域内の医療体系が維持された。

　現在のような、陽性患者数に希望を見出せる状況に到るまでには、良いことばかりではなかった。そして今なおワクチンや治療薬はなく、ただ安心していればよいという状況でもない。まず、大邱で多数の患者が発生した初期段階では、2015年のMERS流行時に制定された陰圧病室や隔離などの指針にとらわれたため多くの患者が自宅で待機し、患者の重症度の分類による病床の割り振りがうまくいかなかった。結局生活治療センターの施行、指針の変更によって解決に至ったが、この過程

における政府と大邱市との調整は容易ではなかった。2つ目、死亡率の高い集団である老人ホーム、精神科病院、社会的弱者に対しては、もう少し積極的に患者を発見し、予防がされなければならなかった。もちろん患者数が1日数百人にもなるほど爆発的に発生している地域社会感染の状況下ではやさしいことではなかっただろうが、これまで大邱地域で発生した陽性患者数と160名以上に及ぶ死亡者数をもう少し減らすことができたのではなかったか、と悔やまれる。コロナウイルスは誰にでも平等にやってくるが、これを克服し回復し、再び日常に戻ることは平等とばかりも言えないようだからだ。3つ目、防疫の主体は防疫当局のみならず、大邱市民たちでなければならない。大邱市でも最近になって市民参加型の防疫へと転換し、地域オピニオンリーダーが参加する汎市民対策委員会を通した市民運動によって、市民生活の規則と生活防疫の実践指針が推進されている。しかし、行政と専門家中心ではないコロナ後の時代を生きていく現場の中の市民たちが積極的に参与し、主導していくべきだ。最後に、民間の医療資源が公共財としての役割を果たしてくれた。とはいえ公共医療インフラがもう少し必要であり、整えられなければならない。

　人はそれぞれ美しい記憶と思い出したくないトラウマを持っている。2020年の春は、後(のち)の私にとってどのような記憶として残るのだろうか。大切なのは経験であり、その中で希望を見つけることだ。多くの犠牲と尽力からなる価値ある経験をした分だけ、危機対応に対するシステムをどのように整えるべきかについて考える必要がある。もしも希望を見出すことができるなら、それはどのような姿をしているだろうか。2020年春に大邱で市民たちが見せてくれた姿、医療従事者たちの献身的に努力

する姿、中央および地方公務員たちの奉仕の姿勢ではないか、と私は思う。

　魯迅は「故郷」の中で「思うに希望とは、もともとあるものともいえぬし、ないものともいえない。それは地上の道のようなものである。もともと地上には道はない。歩く人が多くなれば、それが道になるのだ」[3]と述べた。2月から始まった新型コロナウイルスの感染拡大状況下で、大邱市民と大邱の医療従事者たちが見せてくれた希望の道は、ともに歩んでいく道なので寂しくはない。

3）『阿Q正伝・狂人日記　他十二篇』（魯迅作、竹内好訳、岩波書店刊）より引用。

大邱、当初2週間の記憶
——生活治療センターの誕生

チョン・ホヨン

慶北大学病院院長

　韓国の新型コロナウイルス禍はまだ終息したわけではないので現時点でどうこう言うのは時期尚早な気もするが、記憶が薄れてしまう前に私の知っている事実だけでも記録に残しておくべきだと思い、筆を執った。

　今日はちょうど4・19革命〔1960年4月に韓国で起こった大規模な民衆蜂起〕から60周年を迎えた日だ。テレビのニュースを見ると、記念式の参加者たちはみな互いに離れて座っている。大統領夫妻も例外ではない。続いて、スペインとフランス両国でのコロナによる一日の死亡者が計900人を超えたことや、ドイツのメディアが中国最大の輸出品は新型コロナウイルスだと非難していることなどが伝えられた。また、韓国はついに一日の新規感染者数が1桁となり、アメリカ疾病予防管理センター（CDC）は精製水でも陽性と判定してしまうお粗末な診断キットを作った挙げ句、冬にさらに大きな戦争が起こるだろうと言っている。いずれも新型コロナウイルスが変えた世界の風景だ。

　私は若いころからアメリカやヨーロッパのことを、韓国より進んでいて最高の医療システムを持つ先進国だと、畏敬と羨望の眼差しで見ていた。またアジアの隣国である日本は西洋の文

物を韓国より早く取り入れ、植民地時代には韓国に西洋医学を伝えてくれた国だった。だから我々が外国で医学を学ぶとなると、ほとんどがアメリカかヨーロッパ、日本に行っていたではないか。だが、これらの国々は新型コロナウイルスのために医療システムが崩壊したか、今後するのではないかと大騒ぎしている。韓国に学ぶべきだという話まで出ている。一体、韓国に何を学ぶのか？　なぜ韓国では医療崩壊に至らなかったのか？混乱を極めた最初の2日間を含む2週間、コロナへの対応戦略を修正していったこの間の過程を振り返ってみる。答えはそこにあるかもしれない。

最初の2日間（2月18〜19日）——右往左往と七転八倒

　韓国における最初のコロナ患者は、1月19日に中国武漢から入国し、翌日に陽性が確定した中国国籍の34歳の女性だった。大邱市ではそれ以降も感染者は確認されていなかったが、2月18日になって市は「新天地大邱教会の信者（31番患者）が前日に受けた検査の結果コロナ陽性と診断され、大邱医療院内にある国指定の陰圧隔離病室に入院した」と発表した。同時に、その患者が立ち寄った新天地大邱教会やクイーンベルホテル、セロナン韓方病院、勤務先のCクラブなどが次々と閉鎖された。患者の症状は発熱、頭痛、悪寒などで比較的軽症だった。

　同18日、慶北大学病院では、慶尚北道永川市から来た46歳の男性（37番患者）が選別診療所でMERS流行当時の感染管理指針に基づいてコロナ疑い患者と分類され、国指定の陰圧隔離病床に入院した。新天地教会の信者である彼は翌日、陽性が確定した。症状は発熱、頭痛、悪寒などで軽症だった。大邱東山病院の救急室では、大邱市寿城区時至洞から来た36歳の女性に肺炎の症状が見られたため、コロナの検査結果が出るまで救急

室への患者の受け入れを中断したという。

　同日、慶北大学病院の圏域救急センターに66歳の統合失調症の男性患者が慶尚北道清道郡の大南病院から選別診療所を経由せず直接やって来たと騒ぎになった挙句、陽性という結果が出た。このため同センターは18日午後11時15分から閉鎖され、患者を診療していた救急センター長をはじめとする医師と研修医19人、インターン9人、看護師34人、医療事務職員など計88人が自己隔離となった。

　翌19日午前、大邱市の嶺南大学病院の圏域救急センターも、コロナ疑い患者の来院により一時的に閉鎖された。その患者の結果が陰性と判明しセンターは運営を再開したが、午後に陽性患者が出たため再び閉鎖され約30人が隔離された。同じ理由で同日19日午前11時30分から大邱カトリック大学病院の救急室が閉鎖され、68人の医療スタッフが隔離された。大邱の大規模病院のうち救急室が機能しているのは漆谷慶北大学病院と大邱ファティマ病院だけとなった。こうなると心筋梗塞や脳卒中など重症の救急患者が出たときのことが心配だったが、MERS流行当時の経験を考えるとどうしようもなかった。

　外来も同じような状況だった。救急センターが閉鎖された18日午後、大邱市感染病管理支援団長でもある当院感染症内科のキム教授の外来に44歳の女性が胸痛と発熱を訴えて来院した。彼女は、自分は31番患者と同じ新天地教会の信者で、教会には自分のような症状の人が多いと言う。この女性の検査結果が陽性と判明し、キム教授と外来の医療スタッフたちがその時点から2週間、自己隔離に入った。

　選別診療所を経由せず救急室や外来に直接やって来た2人の患者のために、医療スタッフを含む100人近い職員が自己隔離となった。大邱で最初の患者が発生してからわずか2日で、人

口約250万人の大邱市の上級総合病院[1]はどこも文字どおり、右往左往、七転八倒していた。

　大邱市災難安全対策本部は、漆谷慶北大学病院を除く大邱の上級総合病院の救急室が軒並み閉鎖されたことに衝撃を受けた。大邱市長自ら、病院長である私に電話をかけてきて救急センターの再開の見込みを問い、今後こうしたことが繰り返される場合に備えての対策を立てるよう求めてきた。病院としては、施設の消毒は1〜2日もあれば可能だが、救急センターのベッドで待機していた数十人の患者を病棟に入院させることが難問だった。当院は病床占有率が90％近いため普段から病棟に空きがなく、救急センターで待機中の患者を病棟に入院させるまで3〜5日かかっているからだ。さらに大きな問題は医療スタッフの人員だった。こういうことがあと2度でも起これば、自己隔離のため救急センターの医療スタッフがいなくなってしまう。とりあえず市長には3日以内になんとかするよう最善を尽くすと伝えた。

　大邱市医師会コロナ対策本部長として市に派遣されているミン医師は、夜通し感染者の増加を刻々とSNSで送ってきていたが、19日の明け方になって「午前8時30分から市庁で市長主宰の緊急会議を開いてメディシティ大邱協議会の医師（医療団体長と大規模病院長）たちと今後の対策を話し合う」と知らせてきた。この会議に続いて記者会見も開かれた。

　市長は記者会見で、大邱のコロナ患者がたった1日で新たに10人も増えたことや、31番患者と同じ礼拝に参加していた新天

1）重症疾患に対する質の高い医療サービスが認定された総合病院。2020年現在、大邱市内にある認定病院は慶北大学病院、啓明大学東山病院、嶺南大学病院、大邱カトリック大学病院、漆谷慶北学大病院の5院。

地教会の信者1,000人に対し全数調査を実施することを発表した。私は記者からの質問に対し、患者の増加に備えて移動式陰圧機と陰圧ストレッチャーをもっと用意する必要性があること、救急センターは速やかに再開するつもりであることを述べた。また市民に向けては、発熱や咳などの症状がある場合、いきなり医療機関を訪問するのではなく、まず疾病管理本部のコールセンター(1339)か近くの保健所に連絡しその案内に従ってほしいと強く求めた。感染者の来院による医療機関の閉鎖を防ぐための最善の措置だった。

　18日の31番患者に続いて19日にも大邱でコロナ患者が大量に発生し、オンライン上には「大邱封鎖」や「大邱閉鎖」といったキーワードが浮上した。新型コロナウイルス感染症が最初に発生した中国武漢のように大邱への出入りを規制すべきだという主張が登場し、それを大統領府に訴える国民請願〔国民が政府への要望を伝えるためのオンラインサービス。30日以内に20万人以上の署名が集まれば政府関係者が正式に回答を示す〕もなされた。これに対して政府は「大邱市の封鎖や移動停止を命じる方案などは検討していない。コントロールは十分可能で、対応することができると見ているため」と回答した。

その後の1週間（2月20〜26日）──MERSの診療基準からの脱皮

　慶北大学病院は20日午前、新型コロナウイルス対策本部を立ち上げて診療所長を本部長とし、職員15人からなる非常状況室を本館2階に設置した。MERS対策本部を立ち上げてから5年ぶりのことだ。

　同日午後2時、大邱市長は市庁別館の大講堂で、コロナに関係する機関の合同対策会議を開いた。大学の総長、医療機関長、医療団体長、教育監〔日本の教育長に相当〕、教育庁関係者、副区

庁長、陸軍第50歩兵師団長、第2作戦司令部および米軍部隊の関係者、商工会議所長、地域の経済人、報道機関の代表など70人近くが集まった。2時間半に及んだ会議の途中、患者の急増について話していた市長がこみ上げる感情に言葉を詰まらせると、教育監の提案で一同が激励の拍手を送るという一幕もあった。

大邱の感染者は1人目の発生から4日で39人にまで増え、陰圧病床が大きく不足している状況だった。20日までの感染者のうち陰圧病床に隔離されたのは31人だけで、残りの8人は自己隔離しながら入院を待機していた。こうした状況を受けて大邱市長は緊急記者会見を開き「ウイルスの流入と拡散の遮断に焦点を当てた現在の防疫対策は、地域社会への感染拡大を防ぐには不十分である。大邱市が申し立てた医療陣及び医療施設の確保への支援と、防疫に関する政策の方向転換を政府に要請する」と述べた。コロナに対応する体制を変えなければならないときだった。

5年前のMERS流行時は、大邱全体で1人しかいなかった軽症の感染者を大邱医療院から慶北大学病院に搬送し国指定の陰圧隔離病床で治療していたが、今回のコロナの場合、すでに感染者がかなり増加しており5年前とは状況が大きく異なる。よってMERSの対応基準をそのままコロナに適用させるのは不適切だという意見が深刻に提起された。それを受け、MERS流行当時の防疫指針と隔離指針をもとに作られた「新型コロナウイルス感染症対応指針(4月6日時点で第7-4版まで改訂)」という長い名前の指針のうち、濃厚接触についての基準が変更された。変更後の基準に基づいて救急センター長の隔離は解除され

たが、選別診療所で濃厚接触した残りのインターンたちは引き続き隔離となった。症状はなくても隔離中のため現場に出られないインターンたちは、孤軍奮闘している仲間たちに申し訳ないと、自分たちの隔離解除を要請する手紙を教育研修室長に送ったという話が全国的に報じられ、国民の感動と称賛を集めた。

21日、政府の新型コロナウイルス中央事故収拾本部は、大邱医療院（373床）と、啓明大学病院が城西キャンパスに新築移転する前の施設で運営されている大邱東山病院（117床）をコロナ専門病院に指定した。そしてコロナ軽症患者の場合は陰圧の個室に限らず大部屋にも入院させられるよう、まずは大邱市と慶尚北道においてのみ一時的に入院基準を変更した。また、コロナの検査対象となる基準もそれまでの「37.5度以上の発熱や喉の痛み、呼吸器症状がある、もしくは中国武漢市と湖北省から入国した人」から「中国全土から入国した人」へと拡大させるべきだという意見も発表した。

慶北大学病院の救急センターは、センター内の待機患者を病棟に入院させる作業と施設の消毒を終え、22日午前から再開した。救急センターは複数のエリアに分かれており、「感染者が出た場合は該当エリアだけを閉鎖、消毒する」ように指針を変更した。

25日午前、大邱市医師会のイ・ソング会長は「5,700人の会員医師の皆さんの決起を促す」という声明文を出し、大邱の医師たちに対し、コロナに対応するため選別診療所や隔離病棟での業務を手伝いに来てほしいと呼びかけた。会長自ら率先して志

願し、結果的には大邱のみならず全国から医師が集まりその数は1日で250人を超えた。26日からは大邱ファティマ病院が「新型コロナウイルス妊産婦専用医療機関」に指定され、妊産婦への対策が用意された。

その後の5日間（2月27日〜3月2日）──軽症患者と重症患者の分離

27日木曜日。自宅で入院待機中だった大邱の70代の感染者の状態が急変し、病院に搬送される途中で亡くなった。感染が判明しても入院できない重症患者や高齢患者への対応を急ぐべきだとの指摘が出たが、大邱の大規模病院はすでにコロナの軽症患者でベッドが埋まり受け入れが難しい状況だった。軽症と重症の患者の治療場所を分けることが急務となった。

以前から、感染疑い患者を施設に隔離収容する計画は提起されてきたが、あくまでも感染が確定したら病院に入院させることが前提となっていた。だが今は、軽症患者は病院以外の施設に隔離収容して治療を行い、病院が重症患者の治療に専念できるようにする必要に迫られていた。医療崩壊へとつながる悪循環を絶たねばならないときだった。

ちょうどこの日、大邱の深刻さを受けて市を訪問中だった政府関係者と私、大邱市医師会長、漆谷慶北大学病院長、各大規模病院の予防医学教授などが夜遅くに集まり、別途の対策を話し合った。現状を解決するためには軽症と重症の患者を分けて治療、管理するシステムの構築が切実だ。同時に、感染者の急増を踏まえ、自己隔離して入院待機中に病状が悪化するという事態の防止策も急がれる。これらのことから、医療機関の役割を果たしつつ軽症患者をきちんと管理できる施設（生活治療センター）の運営が必要だということで意見が一致した。

施設名には「隔離」や「収容」といった単語は使わないようにし

ようということまで話し合った。この案を具体的に実現させるため、話し合いに参加していた私や政府関係者、医師会長はそれぞれの役割を決めてすぐに実行に移すこととした。我々に与えられた時間は長くて３日だということに全員が同意した。話し合いが終わると午前０時を回っていて、日付はすでに28日に変わっていた。

29日土曜日正午に忠清北道五松で国立大学病院長たちによる緊急会合が開かれた。会合の通知から24時間も経っていなかったが済州大学病院長まで10人全員が揃い、国立大学病院の役割について話し合った。私は大邱の状況を説明するとともに、重症患者と軽症患者の分離、上級総合病院とその他の病院の役割分担、生活治療センターの必要性について述べた。ソウル大学病院長は慶尚北道聞慶市にあるソウル大学病院人材院〔宿泊設備を備えた医療者用の研究施設〕を軽症患者の治療センターとして提供すると申し出てくれた。この日、大韓医師協会は、大邱市・慶北地域で急増する感染者の治療と管理を効率的に行うため生活治療センターのようなシステムが必要だとの立場を明らかにした。

3月1日日曜日の明け方、電話のベルで目が覚めた。保健福祉部〔日本の厚生労働省の一部に相当〕の関係者だった。大邱新西革新地区の中央教育研修院〔教育公務員の教育、研修用の寄宿舎つき施設〕を生活治療センターとするので慶北大学病院で運営してほしいとのこと。快諾すると、午後からすぐにセッティングを始めると言う。我々に与えられた準備時間は長くて３日だと言ったらすぐに連絡が来て、早速、翌日から感染者を受け入れることになった。まさに一瀉千里に事が運んだ。病院の非常状況室

に連絡してそのことを伝え、正午過ぎに企画調整室長のカム教授と現地に向かうと、病院の事務職員や看護部長、薬剤部長、看護課長などがすでに到着していた。物資が続々と運び込まれるなか、保健福祉部のソン課長とキム主務官が熱心に指揮をとっていた。特にキム主務官は忠清北道鎮川にある、武漢から来た同胞のための隔離センターを運営した経験があるので、てきぱきと動いていた。施設も申し分なく、軍兵士まで手伝ってくれているので、翌日からの患者の受け入れにも無理はなさそうだと思った。まさに「洛東江の奇跡」だ〔朝鮮戦争で大打撃を受けた韓国が1960年代以降、急速に復興し経済成長と民主化を遂げた「漢江の奇跡」をもじったもの〕。

 2日月曜日の朝、病院で、先端医療複合団地の前理事長であるイ・ジェテ教授に第1生活治療センター長を引き受けてほしいと依頼した。快諾してくださった。間もなくセンターのオープンに合わせて総理がいらっしゃるので一緒に行こうと声をかけた。中央教育研修院に午前10時ごろ到着し、ボランティアをはじめ各部署から派遣された生活治療センターのスタッフたちにセンター長を紹介した。午前11時、丁世均総理が保健福祉部のヤン室長とともにお見えになり、丸一日もかからずセッティングを終えたソン課長が胸を張ってセンターについて説明した。センター長と関係者は総理を囲んでお話を聞いたあと、1人目の患者を迎えるため入口へと向かった。霧雨混じりの冷たい風が容赦なく吹き付けるなか、患者を乗せた最初の救急車が到着した。全国初の生活治療センター誕生の瞬間であり、韓国の医療システムの崩壊を防いだ歴史的な第一歩でもあった。

ドライブスルー、ウォーキングスルー
（Driving Thru, Walking Thru）

ソン・ジンホ
漆谷慶北大学病院院長

　2020年1月20日、ソウル・京畿地域で韓国初の新型コロナウイルスの感染が確認された。漆谷慶北大学病院はただちに、2015年に感染病MERSが流行した当時使用されたテント型選別診療所を救急室の入り口に設置し、今後発生するコロナ感染者の診療に備えた。

　テント型診療所は出入り口がジッパー式なので開閉に手間がかかり、外気を完全に遮断するには限界がある。冬の寒空ではテント内の温度を保つのが難しく、感染者や医療スタッフが使用するのは大変だった。また感染の疑われる患者を一人診療した後は、交差感染を防ぐためにテント内部の消毒、換気を毎回繰り返さねばならず、さらに医療スタッフと防疫担当者は患者が変わるたびに新たな防護服に着替えなければならなかったので、患者1人を診るのに約1時間を要した。

　2月18日、大邱で最初の新型コロナウイルス感染が確認され、日を追うごとに感染者数は爆発的に増加し、診断検査の需要も一気に増えた。大邱で感染が確認される以前は選別診療所を訪れる患者は一日3、4人だったが、2月18日からは一日数十人が待機し始め、テント一つの診療所では不断なく診療を続けても、一日に7、8人の検査が限界だった。感染が疑われる患者

の需要に応えるべく、選別診療所の拡大が急がれると判断し、最短で設置できるコンテナ型の選別診療所を新たに設置、2月20日から運営を始めた。それにもかかわらず一日の受入れ可能な診療件数は、実際に検査を求める需要にはまったく追いつかなかった。

　2月21日、感染内科のクォン・ギテ教授が感染内科学会誌に掲載された資料を院長室に持ってきた。仁川医療院感染内科のキム・ジンヨン課長の提案だった。「大規模コロナ選別検査」というタイトルのもと2ページにわたり簡潔にまとめられており、サッカー競技場のような大規模スペースに、受付、患者確認および身体計測室、問診及び検体採取室、説明および案内室、薬局の5施設を設置し、被検者が車を運転しながら運動場のトラックに沿って移動し、受付、検査および診療をすれば大規模な検査が可能になるという概念だった。

　しかしこの案は、大規模なスペースを使用するために踏むべき行政手続きとその時間、診療に必要な電気およびインターネット設備の設置、採取した検体を検査室に移送する別のマンパワーの必要性と移送に伴う検査結果の遅れ、院内患者の診療にも足りない医師に代わり別の医療スタッフを派遣する必要性、また、住民からのクレームの可能性など、一刻を争う当時の状況下でそのまま適用するのは現実的に難しいと判断された。

　早期の適用を可能にするためには、我々の現実に則した改善策が求められた。ドライブスルーに向けた新たな場所探しをするより、各種の施設と装備、そして診療と検査に必要なあらゆるマンパワーが揃っている当院の既存の選別診療所を改造して

行うのが効率的であり、迅速に開始できると判断、これに合わせて変更することにした。元々の提案書には受付、患者の確認および身体検査、問診および検体採取、説明および案内、薬の処方の5段階あった過程を2段階にまとめ、より迅速で安全な診療システムを目指し変更・改善した。第1段階は電話でのやり取りで、検体採取を除くすべての手続き(受付、予約、問診、説明など)を行った。これにより病院職員と患者の接触を避けて交差感染を遮断し、また患者には待ち時間なく診療が受けられるという利便性を提供した。また診療費は口座振り込みやクレジットカードで後払い制にし、検査結果は被験者に携帯メールで知らせ、病院職員と患者の接触を最大限防いだ。この方法は、車だけでなく徒歩で来る人にも同様に適用した。第2段階は選別診療所の最大のポイントである検体採取であり、予約時間に車または徒歩で選別診療所に到着後すぐに実施する。こうした当院独自の運営計画を立てると同時に、アイディアを拝借することについてキム・ジンヨン先生に電話で了解を得た。

　2月22日、ドライブスルーおよびウォーキングスルー選別診療所の運営準備に向けて、既存のコンテナ選別診療所と新たに取り入れたコンテナを再配置して陰圧装置を取り付けた。夜遅くに大邱市庁で開かれた大邱市コロナウイルス感染対策会議に出席し、当院のドライブスルー検査についての概要を説明し、他の医療機関での導入も提案した。

　2月23日、ドライブスルーおよびウォーキングスルー選別診療所の運営が始まった。以前のテント型選別診療所では一日7、8人の検査がやっとだったが、ドライブスルーおよびウォーキングスルー方式の運営初日は30人余りで、その後毎日増え続

けた。開始から数日で一日100件を軽く超えて検査件数を大幅に増やすことができ、既存の検査方式に比べ検査速度は約20〜30倍となった。ドライブスルーとウォーキングスルー選別診療所は、診療時間の予約、問診など、検体採取以外のすべての手続きが電話で、病院訪問前に行われる。そのため診療を受ける患者の待ち時間がなく、検体採取にも2、3分しかかからず、患者の病院滞在時間を非常に短くして利便性を図ったため、大変肯定的に受け入れられた。さらにこれまでは選別診療所の前に患者が待機していたために患者同士の交差感染が懸念されたが、電話で診療時間を予約することで待機者が消え、ウォーキングスルー検査を受ける患者にもこうした心配は不要になった。

　ドライブスルー検査が実施されて検体採取件数が増加したことに伴い、コロナウイルス感染を判定する診断検査医学科にもPCR検査の依頼件数がおのずと増えた。これを受け、元々院内にあったPCR検査室に検体を移送する時間や、院内への感染源流入を防ぐために、選別診療所の前にコンテナ型PCR検査室を新たに設置し、迅速な検査と院内感染の遮断効果の確保に努めた。

　ドライブスルーおよびウォーキングスルーのウイルス検査方式を運営しながら経験したのは次の点だ。密閉した室内空間ではなく自然換気のできる室外で実施することで、ウイルスの交差感染を最小化し、室内の診療室の消毒にかかる時間とコストを大幅に減らして安全で迅速な検査が可能になったという点が最大の利点だ。既存の室内での検査では、交差汚染遮断するために患者1人を診療する度に毎回レベルDの防護服を取替えねばならなかった。つま先から頭まで全身を覆う防護服は着脱に

少なからず20分はかかり、通気性が悪いためすぐ汗だくになるので、医療スタッフの肉体的疲労の元だった。しかし、ドライブスルー検査方式ではレベルＤの防護服よりシンプルな防護服5点（手術用ガウン、ゴーグル、顔保護具、グローブ、エプロン）で代替可能であり、患者一人の診療後にグローブとエプロンだけ取り替えても充分な感染遮断が可能であり、医療スタッフの疲労解消や物資節約の効果があった。

　最近、世界各国のニュースで韓国のドライブスルー検査方式に好意的な報道がなされるとともに、多くの国で取り入れ実施していると伝えられている。韓国でドライブスルー方式の新型コロナウイルス検査は当院で初めて実施された。このことは自慢すべきことではなく、なにより短期間で迅速な検査を実施する上で少しでもお役に立つことができ、今回の新型コロナウイルス治療の一助になれたという点で、多くの方々に感謝すべきことである。
　そして、このような初めての事態で、しかも感染のリスクがある中でも、昼夜問わず使命感をもってそれぞれの仕事を誠実に果たしてくださったすべての職員にも深く感謝申し上げ、遠からず選別診療所を撤去して日常に戻れることを期待したい。

新型コロナウイルス対策の
最前線から希望を見る

キム・ヨンニム
慶北大学医学部教授、慶北大学病院コロナ対策本部長

　2月17日夜、大邱で新型コロナウイルスの最初の患者が現れる前日から、慶北大学病院では緊張感に包まれていた。慶尚北道亀尾市の肺炎患者に新型コロナウイルスの疑いがあるとささやかれていたからである。この患者は大邱の嶺南大学病院を経て慶北大学病院の救急室に移送されていた。隔離状態で心肺蘇生術を行った後、治療を行い、ウイルス検査の結果は陰性だった。深夜に検査結果が出て、ようやく安心することができた。

　ほっとひと息ついたのもつかの間、18日午後から状況がさらに緊迫した。大邱で、新天地教会の信者である31番目の陽性患者を皮切りに患者が爆発的に増加したのだ。このさなかに清島テナム病院から救急室に移送されたある患者の家族は、テナム病院にも新型コロナウイルス患者がいるようだと証言した。この患者はコロナ検査で陽性となり、この患者と接触した救急医学科と内科の教授、インターン、看護師など医療陣50数名が隔離された。救急室は18日夜から丸3日間閉鎖された。コロナウイルス患者ではない、一般の重体患者が治療を受けるための救急の窓口が閉ざされてしまったのだ。

　この文章を書いている3月9日、あの日から3週間近い時間が過ぎた。最初の緊迫していた状況を振り返ると、まるで遠い昔のことのように遥か遠くに感じられる。日々多くのことが起

こり、その都度決定を迫られ、迅速に処置しなければならなかった。コロナウイルスの拡散によって、1〜2週間のうちに外来患者は半減し、ベッド稼働率は50％近く落ちた。重篤でない患者は外来と入院をキャンセルし、手術を延期する状況になっていたからだ。

2月末から押し寄せてきたコロナ患者を受け入れるため、陰圧病室の新設作業が急遽始められた。集中治療室2室と一般病棟2棟を陰圧病棟に改造した。ベッド稼働率が下がったことから、集中治療室2室と病棟6棟を閉鎖し、閉鎖された病棟の看護師を新たに作った陰圧病棟に集中動員した。

陰圧病棟がオープンした日、待っていたかのように患者たちがどっと押し寄せたこと、また、感染患者の死亡に直面したことで、動員された看護師たちの恐怖と疲労感は極限に達し、挫折感とため息、恐怖感に襲われていた。コロナ陽性患者を診療する陰圧病棟には基本的に付き添いができないため、食事の介助など付き添い者の役割も看護師が果たさなければならない。患者が移動する際は感染防止が守られなければならないため、患者の転院、移動時にはたいへん手間がかかる。例えばCT検査をするには移動式の陰圧カートに患者を乗せて安全な動線を確保し、エレベータは一般の患者が一緒に乗らないように遮断してから移動しなければならない。

特に患者が死亡すると清拭、遺体の密封のようなことのすべてを医療従事者がしなければならず、これは今までにない、苦痛に満ちた経験だ。さらに看護師たちはレベルD防護服を着用した状態でこれらすべてを行わなければならないので、労働量がとても多くなり、2時間ごとのローテーションが必要である。コロナ患者のケアをするためには既存の3倍は看護人材が必要になる。陰圧病棟に看護師を配置する際には、集中治療室には

集中治療室の経験のある看護師を、一般陰圧病棟には陰圧病棟の経験のある看護師を配置したが、いずれにしても陰圧病棟は初めてという看護師が多く、誰もが新しい経験に苦労した。

　相当数の看護師が、患者との接触後の感染拡大を避けるため勤務後も自宅には帰っておらず、空き病棟で睡眠をとることも多い。生活パターンがすっかり変わってしまったのだから、疲れるのは当然だ。医師たちは午前8時前には出勤し、夜10時過ぎに勤務を終える生活を繰り返している。勤務後も鳴り続ける電話の音に、少し仮眠をとってまた出ていくのが常だ。

　戦地で防御網を何重にも張るように、医療現場でも拡散防止のために3次防御壁まで張られた。コロナ感染の疑いのある患者を区別するため、救急室の前に別の診療スペースを設け、感染疑い患者が救急室に入るのを防いだ。救急室内でも発熱患者や、肺炎患者の場合はコロナ感染検査を行い、検査結果が出るまでは一般患者との動線が重なるのを避け、分離する措置をとった。しかし、様々な措置を講じても完全に感染を防ぐことはできなかった。食道がんや膝関節炎で入院していた患者が発熱したため検査をしたところ、新型コロナウイルス陽性だと判定されたケースもある。このケースでは患者本人、患者と接触した医療従事者、家族のそれぞれが別々に検査を受けるようにし、自宅待機を行った。

　国の指定陰圧病棟が設置されていた慶北大学病院は、もともと集中治療室に陰圧病床を3床と国家指定陰圧病床を5床有し、新型コロナウイルスに備えていた。3月9日時点で集中治療室内の陰圧病床は12床、一般陰圧病床は45床にまで増えた。ベッド数が確保できたことで、当初よりも患者の治療に道が開けてきた。感染内科、呼吸器内科の医師たちが最前線に立っている。コロナの疑いのある患者の診療とコロナの検体採取のた

めの隔離外来と選別診療所では様々な科の医師が自発的に志願し、奉仕してくれている。

　病院全体では人工呼吸器が必要な重篤患者12名を含めて重症患者30名ほどが治療を受けており、医療従事者は全身防護服にPAPR（電動ファン付き呼吸用保護具）と呼ばれる宇宙服のような防疫装備をつけて勤務している。全身防護服とPAPRに連結されている使い捨てのフードは常に在庫不足だ。保護用品はどこででも買えるものではなく、その確保には物流行政チームが全力であたっている。現場では医療装備と物資がもっとも必要である。医療従事者が熱心に働くのは当然のことだが、装備を支援できないまま、責任だけを強要することはできないからだ。

　大邱医療院や啓明大学東山病院など、大邱のコロナ拠点病院に入院中に病状が重篤になると慶北病院へ転院する。そのほとんどが肺疾患のある患者だ。病院で20年以上治療を受けて来たというある患者は最近になってコロナに感染した後、基礎疾患も重なって数日の間に急激に悪化し亡くなった。高齢者や慢性肺疾患、透析患者、臓器移植を受けた患者は悪化するスピードがさらに速い。若いからと言って安心はできない。若い人が検査を先延ばしにしたため、治療開始が遅れたケースもある。「サイトカインストーム」〔免疫細胞が暴走し正常な細胞を傷つける現象〕によって重症化した、集中治療室の20代男性患者がその代表的なケースだ。若いほど免疫力が暴走することもあるからだ。

　一部のコロナ患者は自責の念や、申し訳ないという気持ちを抱えている。地域社会感染なのだから自分を責める必要はないと励ますが、彼らの慰めになるほどの状況にはまだなっておらず、残念だ。病院にいると、市民が感じている不安と恐れ、恐

怖が医療従事者たちからも等しく感じられる。初期に比べて状況は安定しているものの、恐怖が完全に消えたわけではない。幸い、状態が良くなり退院する人も増えている。人工呼吸器で治療を受けて好転した人もいる。しかし退院する患者たちは静かに去ることを望んでいる。医療従事者への「ありがとう」の挨拶は誰一人忘れることはないが、世間から過度の関心を寄せられることは気が重いという。

　現場で働いている医療従事者にしても怖いということでは同じだ。感染の危険にさらされているハイリスク群であるからだ。病院には無症状患者も多いので、どこでどのように感染するかわからない。医療従事者が自らを保護するには、マニュアルをどれほど徹底して守っても足りない。医学的な根拠に基づいた、マスクや防護服、各種装備の着用マニュアルや規則を遵守していても、少しでも油断すれば感染のリスクにさらされる危険がある。神経を使う部分だ。

　新型コロナウイルスは新興宗教団体を中心に拡散した側面がある。大邱でなくとも、他の都市でも同じような状況に陥る可能性が十分にある。2020年2月18日以前は、大邱でマスクを着けている人は多くはなかった。もしかすると、私たちも油断していたかもしれない。日常生活にもたくさんの病気がある。新型コロナウイルスは中毒性が強いというよりも、強度はさほどでもないが拡散し、蝕んでいく傾向があるように思う。必要以上に恐れる必要はないが、警戒をゆるめてはならない。「ソーシャルディスタンス」「手洗いなどの徹底した個人衛生管理」「マスク着用」など、生活ルールを守れば、十分に立ち向かい、勝ち抜くことができるだろう。

　大邱の医療機関にいながら、私たちは韓国国民の偉大さを改めて知った。国民は大邱を応援し、温かな真心を寄せてくだ

さった。老若男女問わず、マスク、おやつ、募金など、過分な愛情によって、コロナウイルスに打ちのめされていた私たち医療従事者たちに勇気を与えて下さった。そして私たちは力を振り絞ってコロナの最前線でベストをつくしている。私たちが心と力を合わせれば、新型コロナウイルスも恐れるに値しない、ということを知った。

乱世は英雄を生むけれど

イ・ジェテ

慶北大学医学部教授、大邱第1、第2生活治療センター　前センター長

　2020年4月の第2週、わが国の新型コロナウイルス新規感染確認者数が50名以下を維持していたため、これからは隔離・閉鎖から生活防疫へと慎重に転換しようという意見が出されていた。韓国よりも遅かったが強烈な新型コロナウイルスの津波に襲われたアメリカはすでに陽性確認者数50万人を超え、死者も2万人に達していた。ニューヨークでは毎日発生する死者を処理できず、ニューヨーク沖の島に集団埋葬する事態になった。

　いつもずばずばものを言うアメリカのトランプ大統領も、明らかに当惑していた。ほとんど毎日行われるホワイトハウスの新型コロナに関するブリーフィングで大統領の横に立っていたのは、新型コロナウイルス対応のタスクフォースを率いるアンソニー・ファウチ博士だ。トランプ大統領は3月中旬、「今後2週間は可能な限り家にいて、レストラン、バー、ジムなど人が集まる施設には行くな」と言った。しかし、大統領選挙を控えて焦ったのか、1週間もしないうちに、ひと月以内に経済活動を再開すると発表した。するとファウチ博士は大統領の発言の後で、「まだソーシャルディスタンス政策をやめる時ではない。経済活動再開を決定するのはウイルスだ」と言った。それは政治的に決定すべき事項ではないという意味だろう。トランプ大

統領もファウチ博士に反対され、また感染者数が急増したことによって、家にいろという勧告をひと月延長せざるを得なかった。

　もちろんファウチ博士はやみくもに反対しているのではない。大統領の意見に異議があれば憮然とした顔で、ファクトを元にして修正するのだ。トランプ大統領が抗マラリア薬は新型コロナウイルス感染症の特効薬だと言えば、ファウチ博士は「証拠不足だ」と反駁する。彼は記者の質問に対し「私がマイクを握って大統領をこき下ろすわけにはいかない。大統領の発言の後で、それを修正すればいいのだ」と語った。大統領選挙の邪魔になることを危惧したトランプ支持者が危害を加えると公然と脅迫しても、博士は「私には理念がない。私の理念は保健だけだ」と言ってのける。マスコミも「ファウチ博士は公の場で大統領と違う意見を表明し、大統領をコントロールする能力を持っている」と評価したほどだ。それは、こんな保健専門家がいてほしいと思わせるようなカリスマ性を持つ、偉大な姿だった。

　アメリカにおける新型コロナウイルス感染症の絶対的な権威者であるファウチ博士は、アメリカ国立衛生研究所（NIH）傘下のアレルギー・感染症研究所（NIAID）所長だ。私もずいぶん以前にお目にかかったことがあるが、しばらく忘れていた。今回テレビで見ると、昔より老けてはいるものの相変わらず元気な姿で、毅然として国民を説得していた。彼は小柄なイタリア系の医師で、知れば知るほど素晴らしい人物だ。私が内科専攻医のインターンをしていた1980年代初め、内科学の教科書『ハリソン内科学』において、ファウチ博士は感染病分野の代表執筆者だった。1992年にNIHの研究研修に行った時は、ノーベル賞受

賞者を始めとする伝説的な医学者たちに直接会えてうれしかった。ファウチ博士もそのうちの1人だったが、当時まだ50歳ぐらいの若さだったから驚いた。彼は1968年にNIHに入り、1984年にNIAID所長になった。80年代初めからAIDSの病態生理に関する研究と新しい治療法の開発で知られており、各種の免疫疾患についての研究でも名高い碩学だ。

　私は滞在していた2年の間、彼がキャンパスを歩いたり、研究フェスティバルなどで楽しんだりしている姿を遠くから見かけた。特別講演を聴いたことも覚えている。専攻が違うので、その後は学会で会うことはできなかったけれど、あまりにも傑出した医師であり医科学者だから、ニュースでは何度も見た。エボラ出血熱、SARS、鳥インフルエンザなどが世界中で話題になるたび彼はマスコミに登場したし、今度の新型コロナウイルス感染症の流行に際しても、やはり専門家として対応している。アメリカの新型コロナウイルス感染症対策を代表するファウチ博士は1940年生まれだから80歳になるが、36年間の長きに渡ってNIAID所長を務めている。

　新型コロナウイルス感染症がパンデミックとなった状況で、興味深いこともたくさん起きた。カリスマ性がありプライドが高く、政略的に計算する政治指導者よりも、専門性を持つ官僚が、ほんとうの英雄になりつつあるのだ。韓国では最近、鄭銀敬（チョンウンギョン）疾病管理本部長が国民の尊敬を受けている。彼女は新型コロナウイルスの専門的知識を持つ医師公務員として状況をきちんと説明し、記者たちの質問にも慎重に答えて、国民の信頼を得た。50代の鄭本部長は、保健福祉部課長や疾病管理本部の役職を経験した保健職公務員だ。MERSが流行した時は、防疫失敗に関して懲戒を受けたという。

2020年4月、アメリカの新聞は、新型コロナがパンデミックとなった状況下で「物静かだが有能なナンバーツーたちに感謝する」という記事を掲載し、世界的に注目されている各国の防疫のリーダーや専門家を紹介した。そこではアメリカのファウチ博士、イングランド医療当局幹部のジェニー・ハリス医師と共に、わが国の鄭本部長が取り上げられていた。彼らに共通するのは一貫した論理、正確な情報に基づいた分析、冷静な対処能力、率直な話し方であり、それによって国民の信頼を得ているという。外国のメディアは、鄭本部長が「ウイルスは韓国に勝てない」と断言すれば、人々は本能的にそれを信じると言った。鄭本部長が自信を持って言うと国民はその言葉に絶大な信頼を置き、安心するというのだ。すでにわが国のSNSで、彼女は救国の戦士、英雄と呼ばれている。とにかく、久々に現れた、信頼できる優れた保健職公務員だ。

　しかしこの時間が過ぎてしまえば、鄭本部長も、ただ与えられた任務を忠実に遂行した一介の公務員になってしまう公算が大きい。ファウチ博士は世界的な専門家として、鄭本部長は任期を終えた公務員として記憶されるということだ。アンソニー・ファウチと鄭銀敬を比べると、わが国の保健医療と公共医学の水準を見るようで、複雑な気分になる。ファウチ博士が、ロナルド・レーガンが大統領だった1984年に44歳で所長に就任したのもすごいことだが、80歳になった今までその地位に就けているアメリカのシステムはすごい。わが国で言えば、全斗煥大統領が任命した国立研究所の所長が、文在寅大統領の現在まで在任し続けているようなものだ。のみならず、ファウチ博士の言葉は教科書のようにみなされ、彼は論争が起こるたびに懸案を整理する社会指導者として認識されている。

韓国では、専門性と業績の蓄積が必要な研究所や特別インフラ機構の機関長の任期が３年で、政権が代わると辞めさせられる人もいる。そして新たに任命された人も、どんなに学術的な業績が立派でリーダーシップがあっても、再び別の人に交代させられる。すべてにおいて政治過剰だ。こうした状況で、国立研究所の有能な研究員として一生を全うすることは容易ではなく、その結果として、公共領域ではなかなか人的経験が蓄積されない。政権が代われば、大統領が任命できる地位が最大２万にもなるという。科学者も論功行賞で交代させられるから、政策の一貫性や連続性が保てるわけがない。そのため、国家が研究費を確保してくれて設備も優れている国家研究機関の研究職が、研究費確保すら容易ではない大学教授よりも経済的に不安定になったりもする。当然、国立研究所に入った優秀な人材は、その分野である程度名声を得ると、大学に籍を移そうとする。

　世界的な権威を持つ外国の研究所のリーダーは、任期を無視してその地位を維持している。ファウチ博士だけでなく、アメリカFDA傘下の医薬品評価研究センターのジャネット・ウッドコック所長も約25年間在任している。2018年にノーベル医学賞を受賞した78歳の本庶佑は大学教授を引退後、今でも公益財団法人神戸医療産業都市推進機構理事長を務めている。

　誰が国のリーダーになっても、国の主要な研究所や科学政策の長は、根気強く続けなければならない。過去の高位公務員たちの行動から推定すれば、今回新型コロナのことがなかったなら、鄭本部長も総選挙で比例代表名簿に載せられていたかもしれない。実際に昨年末、彼女は与党の比例代表上位の有力候補としてマスコミに取沙汰されていた。

　この難局でも各分野の専門家たちは、汝矣島行きの４・15総

選挙列車に乗ろうとしている。判事は司法改革のために、記者はマスコミ改革のために乗車するというのが、彼らの言い分だ。すべてが結局は政治につながるわが国のこの浅薄な環は、いったいいつになったら断ち切れるのだろう。

コロナ時代に医者として生きる

キム・ソンホ

大邱ファティマ病院　腎臓内科科長

「あなたがたこそ我々の真の英雄です!」

「韓国の医療従事者を応援しています。みなさんがいつもそばにいてくださることが当たり前になってしまい、これまで十分感謝を伝えられなかったことを心苦しく思います」

新型コロナウイルスと闘う医療従事者へ称賛や応援の声が連日続いている。さらには、新型コロナの治療現場に立っているわけではない私のような医師にさえ「先生、大変でしょう。どうかくれぐれも健康に気をつけてくださいね」と、いつもは言わない言葉をかけてくれる患者が多い。普段からこうだったら医師は本当にやりがいのある職業だ。

しかしついこの間まで、医師といえば「お金をたくさん稼いで自分の利益ばかりもくろんでいる利己的な集団」だと思われることが多かった。コロナ禍が起きるまでは。なぜ医師は好意的とはいえない目で見られるのだろうか?　もっとも医師が利潤を追求することは罪ではない。お金を稼ぐためだけに医師になったとは言えないが、お金も稼ぎたくて医師になったこともまた事実だ。

医師になる道は決して平たんではない。それこそ壮絶な仕事だ。高い競争率の入試をくぐり抜けさえすれば医師になれるわ

けではない。長くてハードな医学部の勉強、バカにならない医学部の授業料、眠れない夜と厳格なインターン課程、そして開業にかかる資金を考えると、医師だって稼がなければならない。

　ほかの職業と同じことをしているにもかかわらず医師に対する社会の認識が大して良くないのは、おそらく医師には職業を超越するさらに大きなミッションが求められているからだろう。そのミッションこそまさに生命の尊重にほかならない!

　私は子供の頃、医師に対する漠然としたロマンを抱いていた。飛行機で急病人が発生し、乗務員が急いで医師を探す。その時「医者です」と手を挙げて病人を助ける……。医師になってから、実際に何度かそうした経験をした。イタリア行きの飛行機の中で、またあるときは家族と旅行した外国の海辺で、その都度幼い頃に夢見たとおり、快く名乗り出て患者をサポートし、さらには心肺蘇生術を行って患者を現地の病院に連れて行ったりもした。

　今度は大邱を襲った新型コロナウイルス集団感染だ。医療従事者が不足しているとのニュースに全国各地からボランティアが大邱に集まっているというのに、大邱にいる私がじっとしていられようか。平日は病院に勤務しているため、平日が無理なら週末にでも協力しようと思った。しかしよく考えると、私が日頃診ている患者はほとんどが高齢者なうえ透析が必要な基礎疾患のある方が多い。万が一私のせいで患者が新型コロナウイルスに感染でもしたら致命的だ。だから現場で直接支援するのではなく、「私の患者は私が守る」という郷土予備軍[1]の役割こ

---

1) 郷土防衛のために1968年から予備役として編成された非正規軍。

そが今回の集団感染で私が果たすべき役割だという考えに至った。

　患者の診療に当たっていた医師が新型コロナウイルスに感染し、命を落としてしまう事態が起きた。まさしく称賛を受けるに値する我らの英雄である。しかし他方では「新型コロナ感染者が入院している危険な病院に医学部生や看護学部生が実習に行くことのないようにしてほしい」という青瓦台国民請願掲示板の書き込みもあり、気持ちは晴れなかった。

　コロナ禍はいつか終わるだろう。しかし医療界はいつ現実になるかわからないもう一つの大きな問題に直面している。患者の生命を直接取り扱う、医療界の国語・英語・数学とも言える内科、外科、産婦人科など主要診療科への志願者が大幅に減っているのだ。インターン課程の厳しさは生半可ではなく、医療事故リスクはさらに大きくなる反面、事故に伴う補償は十分ではないのだから、敬遠されたとしても彼らを非難するわけにいかない。

　患者の治療に必要な主要診療科の志願者がいないため専攻医を探せない病院が増えている。大学病院でさえ由々しい事態だ。このままではそう遠くないうちに患者を診る医師、難しい手術に対応できる医師がいなくなり、医療は新型コロナウイルスよりさらに深刻な状況に陥らないとも限らない。医師は、必要だからと急いで短期間で養成したり、志願者を募集して解決できるような人材ではないからだ。

　今も多くの学生や若い人が医師を夢見ている。コロナ禍を経験して医療従事者に対するイメージがかなり良くなった分、健全な志を持った志望者が増えるかも知れない。そういう人たち

全員に、新型コロナの英雄のように自分の身を犠牲にしてまで
人の命と健康を守る医師になれと望むすべもない。しかし今回
のコロナ禍で分かったように、社会が大きな困難に直面した時
に「私は医者です」と名乗って駆けつける医師、厳しく困難だか
らこそより一層求められる医師。そんな医師が増える社会にな
ることを願う。

　今日、ついに新型コロナ最大の発生地域・大邱に新規患者が
発生しなかったという嬉しいニュースが伝えられた。この名誉
は新型コロナウイルスと戦った医療従事者と消防士、公務員、
ボランティア、そしてつらい時間を耐え抜いた患者と市民に贈
りたい。
　「あなたがたこそ我々の真の英雄です!」

「ノブレス・オブリージュ」を学ぶ

チュ・ビョンウク
チョルラナムドカンジン
全羅南道康津郡　公衆保健医

　全羅南道康津郡で公衆保健医（公保医）として兵役についているときだった。新型コロナウイルスの感染者が急増するなか、公衆保健医は医療が必要な地域へ優先的に選抜され、私は大邱第2生活治療センターに配属されることになった。兵役義務を遂行中の国民として大邱に行くことは当然なのだが、なかなか向かうことができなかった。なぜなら私は一家の家長であり、2番目の子供がまだ生後100日を迎えたばかりだったからだ。

　「私が兵役中でなかったら志願して行っていただろうか？」と自分に問いかけてみたが、すぐに答えが出なかった。私が選抜されたと聞いて家族や知人は心配していた。しかし父は「国に必要とされている時は国民として当然行くのが正しい道だ。くれぐれも体に気をつけて行ってこい」と言ってくれた。そして家族に見送られ大邱に急行した。

　朝早くに、慶北大学学生寮に設置された大邱第2生活治療センターに到着した。簡単な事前レクチャーが終わると、直ちに検体採取と患者管理業務に入った。検体採取で最も印象的だったのは採取方法だった。中央防疫対策本部が配布した「新型コロナウイルス感染症　生活治療センター運営ガイドブック」には「検体採取のためのスペースが必要だ」程度の説明しかなかっ

た。大邱第2生活治療センターが開所されたのはガイドブックが配布されたわずか1週間後だった。

　慶北大学病院が運営を担当している同センターは、患者との接触時間をできる限り少なく、患者の動線も最小にする検体採取方法を考案していた。それは検査者が検査対象者の部屋の前まで移動して採取を行う方法だった。個人防護具（PPE）のほかに使い捨てガウンと手袋を着用して一人の患者の検体を採取した後、新しい使い捨てガウンと手袋に取り換える。こうすることによってより安全に検体採取を行うことができた。

　検体採取スケジュールの決め方も印象に残っている。生活治療センター運営ガイドブックによれば、患者が退院するためには二つの条件を満たさなければならない。一つは臨床基準として解熱剤を服用していなくても発熱がなく、臨床症状が好転していなければならない。二つ目は24時間の間隔を置いて2回ウイルス検査（PCR検査）を行い、2回連続して陰性が確認されなければならない。退院基準はあるものの、それぞれの検査で違う結果が出たときにどうすべきか明示されていなかった。

　大邱第2生活治療センターでは、結果が陰性の場合はマニュアル通り、陽性が出たら1週間後再検査を実施することになっていた。検査結果があいまいではっきりした判断を下せず48時間後に再検査する特別なケースもあった。まめに検査すれば入院隔離期間の短縮につながる。検査費用は増加するが、患者の社会復帰を早めることによる経済的効果と入院待機者に必要な病室を提供できるという点を考えれば合理的だと思う。患者の精神的なストレスを減らせることは最大のメリットだ。

　患者からは、一日も早く自分の家に戻りたいという声が一番多かった。また「いつ検査結果が出るのか？」という質問も多かった。鼻と口から検体を採取するプロセスは思ったよりも時

間がかかるので、検査に慣れている患者でも検体採取となると緊張する。検体を取り終わると私は患者に「よく我慢してくれました、いい結果が出るように願っています」と励ました。患者も疲れ切っているはずなのにいつも私にありがとうと言ってくれた。

　社会から隔離されることがどんなに苦しいことなのか分かったので、私は医療従事者の仕事が増えたとしても検査は何度も行うべきだと考えている。電話の向こうから聞こえてくる退院が決まった患者のうれしそうな明るい声は長く記憶に残り、それは医師としてやり甲斐を覚える出来事だった。

　大邱第2生活治療センターは、医療従事者が業務に集中できる環境が整えられていることもたいへん印象的だった。生活治療センターは今回初めて導入されたシステムだが、どの部署もバランスよく役割を果たし目的を達成していることが驚きだった。国民として誇りに感じている。韓国は危機に見舞われるたびに国民が団結し、危機を乗り越える能力があると知られている。忠清南道・泰安沖原油流出事故とセウォル号事件の時もそうだった。今回新型コロナウイルスの現場でも大韓民国の底力を自分の目でしっかり確かめることができて光栄だった。

　センターでは医療従事者の他にも公務員、軍人、消防士、警察官、清掃員、防疫要員など多様な分野のメンバーと一緒に働いた。新型コロナウイルスとの戦いでは医療従事者の役割は非常に重要で、当然ながら最も注目される。しかし医療従事者のほかにも多くの人の尽力があったことを忘れてはならない。

　私が勤務した現場では、こうした人々がみな最善を尽くして忠実に役割を果たしていた。中でも軍服務中に派遣されてきた兵士が真っ先に目に留まった。私も兵役義務中なので、一時は

大邱派遣に選択権がないことと、また公保医は他の医療従事者より手当が少ないことに不満があった。しかし現場では兵士も黙々と最善を尽くしているのを見て、また市民から送られた感謝の手紙を読んで、いつの間にかそうした不満は消えていた。医療従事者のかげで注目されず、市民から十分に感謝され尊敬される機会がない彼らに、この場を借りてぜひ感謝を伝えたい。

　私はこの難局を乗り切るために少しでも便利な方法を考えるようにした。生活治療センターは今回新たに導入されたシステムだったため、試行錯誤も多かった。そこで大邱第2生活治療センターの事例を文書にまとめておけば、今後センター開設にも役立つだろうと考えた。勤務のあいまに資料を集め、勤務時間後に文書化しておいた。大韓公衆保健医協議会の協力を得て文書を修正、完成したものは協会を通じて配布することになった。また、ここの安全かつ効率的な検体採取方法を紹介するために現場で動画を撮影し、こちらも協会の協力を得て編集・配布した。

　「ノブレス・オブリージュ」とは身分制度があった時代、貴族や身分が高い人たちの道徳的な責任と義務を表した言葉だ。身分制度が廃止された現在「ノブレス・オブリージュ」はしばしば特権階級の意味で使われ、医師もまた特権を持つ階級だと見なされる。ならば医師も道徳的な責務を果たして国民をまとめ、模範を示す責任がある。

　私は今回、国民としての道徳的義務を果たすために最善を尽くす多くの人々に出会った。現場で出会った「ノブレス・オブリージュ」は、医療従事者だけでなく自らを犠牲にして他人の

ために尽くす平凡な国民だった。道徳的責務を実践しているこうした私たちの隣人が社会を健全に保つ貴重な存在だったのだ。私は今回特権階級ではなく、ノブレス・オブリージュとして生きることを学んだ。

　新型コロナウイルス感染症の流行が無事に終息することを願い、改めて国民のみなさんに感謝の言葉を伝えたい。

我々は新型コロナウイルス感染症に何を学んだのか?

マ・サンヒョク

昌原 ファティマ病院　小児青少年科長
チャンウォン

慶尚南道医師会　感染症対策委員会委員長
キョンサンナムド

　2019年12月、中国で原因不明の肺炎が発生しているという情報が入ってきた。これを深刻に受けとめた政府は年明け早々、国家レベルで非常防御体制の構築に動き始めた。ところが初動が上手くいかなかった。我々が辛酸をなめている間に、春は彼方へ過ぎ去ろうとしている。今回の新型コロナ騒動を最前線で見てきた立場から、韓国の防疫体系を振り返ってみる。

選別診療所を作るべきだ。

　1月25日、病院から携帯メッセージが届いた。中国で流行している肺炎に備えて会議を開こうという内容だった。翌日1月26日、世の中が旧正月の連休を過ごしている日曜の午後、病院関係者が集まった。MERS流行時の経験をもとに選別診療所の設置について話し合った。選別診療所の準備が間に合わなかった病院では混乱があったものの、何日か経つとシステムが少しずつ整ってきた。ところが、こうした非常事態発生時でも円滑に作業できるように準備しておくべきマニュアルが、今回も用意されていなかった。また周期的な人事異動がある行政には保健専門職が育っていなかった。混乱の始まりだった。選別診療所の運営と責任は病院に丸投げされ、防疫当局の支援は十分で

なかった。将来の感染症流行に備えて、当局の支援策を含む選別診療所の運営指針を今からでも作成するべきである。

保健所は？

　新型コロナウイルスの流行を発端に保健所は非常勤務体制に入ったが、いざとなると保健所にこのウイルスの正体を適切に理解している人はいなかった。公衆保健医が所属していたり、保健所長が医師の場合はまだ良いほうで、ほとんどの保健所の初期対応は非常に不十分なものだった。

　中央の防疫当局が対応マニュアルをちゃんと配布しなかったので、現場は混乱をきたした。選別診療所が設置されたものの患者の検体採取は容易ではなく、民間の医療機関との連携にも問題が多発した。準備が完全ではない状態で、多くの業務と市民からのクレームに向き合わなければならなかった保健所職員のつらい立場は、あまりにも気の毒だった。新型コロナウイルス感染症が終息した後、保健所の機能をもう一度見直し、地域の医師会からも協力を得て、保健所や医師会の専門家たちが一緒に保健所を運営していくべきだろう。

大邱市医師会や市民の冷静な対応は世界的な標準になるだろう。

　2月18日大邱で最初の患者が確認されてから大規模な患者発生に至るまでに大した時間はかからず、大邱の都市機能はまひした。その混乱ぶりと恐怖はまるで映画の一場面だった。しかし大邱市民の対応は冷静だった。誰が命じたわけでもないのに医療従事者は病院に集結し、生業を放り投げて大邱市役所に駆けつけ、力を合わせて対応し始めた。これまで世界中のどこにもこんな行動をした人たちはいなかっただろう。昼夜を忘れ、みな懸命にするべきことをしながら知恵を寄せ、おかげで新型

コロナウイルスに打ち勝つことができた。

　大邱の対応は世界的なお手本になると思われる。しかし、患者が他の地域へ転院する過程で患者情報がきちんと伝わらなかったのは、保健行政上惜しまれる。

疾病管理本部はしっかり役目を果たしただろうか?

　2019年12月中国で原因不明の肺炎が流行していることが分かり、前もって専門家会議を開いていたことは評価できる。またMERSの流行を経験していた鄭銀敬本部長の役目もたいへん良かった。海外から入ってくるリスク要因を排除しようと主張したのも良かったと思うが、最終的に政治的な判断によって実現されず残念だ。そして疾病管理本部の他の意見も十分に受け入れられなかった点も惜しまれる。

　初期対応マニュアルの不備、特に検体採取方法のガイダンスが不十分だった。陰圧室が不足しているにもかかわらずあえて陰圧室で検体を採取し、診断のためには痰まで採取すると明示したことで現場に混乱が生じた点は改善を要する。ウォークスルー型選別診療所や上気道〔鼻から鼻腔、鼻咽腔、咽頭、喉頭まで〕から採取した検体でも診断が可能であり、下気道感染症〔気管支炎、肺炎〕が疑われる場合にのみ喀痰検体を採取する方向へガイドラインが改訂されることを期待する。

　患者情報や疫学情報が疾病管理本部だけで共有されたことも残念である。地域の感染症管理支援団または医師会を通じて専門家にリアルタイムで伝えて診療に活かすべきだが、こうした意識が欠如していた。また、嶺南大学病院で亡くなった16歳の肺炎患者の死因が、新型コロナウイルスによるものか否かの判断をめぐって、原因究明をきちんと行わないまま、中央防疫対策本部が同院の診断検査医学科検査室の検査全体を否定すると

いう大きな失敗を犯してしまった[1]。

医師集団内部での疎通はうまくいったか？

　感染症内科の先生たちは「今回は明らかに違っていた」、ずいぶんよくなったと言っている。初期段階ではその通りだ。しかし患者情報や疫学情報が疾病管理本部や自治体首長の机の上にとどまり、実際に診療する医師にまともに伝わっていないといったことが繰り返され、論文が発表されない限り内容を知ることができないケースもあった。医師会も内部の疎通がうまくいっていない点は改善するべきだし、大韓感染学会にも、もう少し寛大に同じ医師として客観的な情報をより広い範囲に提供していくことを期待している。

　新型コロナウイルス感染症を経験して振り返るべきことはまだある。今回我々が見習うべき国は台湾、ベトナム、香港である。これらの国はしっかりと国境を封鎖し、新型コロナウイルスの大規模感染が起こらなかった。感染リスクがある国からの入国を早い段階で制限する対策は功を奏することを、これら3カ国が間接的に証明することになった。率直に言えば、韓国は中国からの流入を食い止めなかったために問題がさらに大きくなったと考えられる。総選挙[2]と絡んで、大邱の新型コロナウイルス問題は政治的に利用された感がある。問題を適切に分析しないまま、一方では自画自賛もう一方では正当に評価される

1）嶺南大学病院で亡くなった肺炎患者について、新型コロナウイルス感染の可能性は低いと見ていたものの同院での検査結果では判断が難しい部分があったため「検査結果は未決定 である」として疾病管理本部に最終判定を依頼した。ところが嶺南大学病院検査室の調査が行われる前に中央防疫対策本部から検査室業務の中断が公表された。本書138〜141ページ掲載、嶺南大学病院キム・ソンホ院長の手記に詳しい。
2）2020年4月15日に実施された第21代国会議員総選挙。

ることもなく政権を審判するネタにしてしまった。街頭消毒だといって成分も明らかでない気体を散布しながら歩き回る大物政治家も現れた。こんな茶番はもうやめようではないか。

政治色を帯びた医師団体、御用学者が増えた現実も嘆かわしい。大韓医師協会は専門家団体としての役割を果たすべきにもかかわらず、政治的な言動を露呈したことで専門家団体としての資格を失った。大韓感染学会は外国からの流入を防ぐべきだと公式見解を出したが、一部の教授は公的な席で個人的な政治的性向を反映した発言をして混乱を招いた。今後こうした人々や団体は国が政策を決定するときにマスコミとの接触を遮断すべきだろう。

国会で与野党が新型コロナウイルス対策委員会を立ち上げ、専門家を招き意見を聞くなど努力はしてきたが、今国会が結局どのような役割を果たしたのかはよく分からない。むしろやらないほうがよかったという気もする。専門家のアプローチもなしにマスコミの発表にだけ集中するような旧態依然とした行動をとってはいけない。政治にも専門家の意見を反映するべきである。

地域に患者が発生すれば、道知事や市長らが前面に出て秘書たちが作成してくれる原稿を読む。原稿を作った人も発表する人も新型コロナウイルスがどのようなものかもよく分からずに発表する奇妙なことが何度も繰り返された。一部の自治体首長は中央防疫当局と協議もせずに独自の発表をして、混乱を増大させたこともあった。

災害対策会議には新型コロナウイルスをよく知っている人はほとんど参加せず、会議の主宰者が原稿を読み出席者はそれを書き写すだけのような会議だった。大統領府から省庁会議、各

自治体の会議にいたるまで雰囲気はほとんど変わらなかった。こんな会議を開催する理由が理解できなかった。

　新型コロナウイルスのためインフルエンザが早く消えた。ここ10年のインフルエンザの流行に比べて今年のインフルエンザの流行はとても早く終わった。子供たちに対するワクチン接種効果もあっただろうが、ワクチンの効果持続は3カ月程度だという研究結果に基づいて考えると、個人の衛生管理、ソーシャルディスタンスの遵守、マスクの使用が呼吸器ウイルス感染症の伝播にどれほど効果的であるかが分かるバロメーターになった。

　それでも善戦した。私たちが持ちこたえることができたパワーの源は何だろうか？　そして課題は？

　高いコミュニティ意識、医療従事者の自発的な参加と協力が何よりも大きな原動力になったと思われる。例えば地方の医療院[3] が大邱で発生した患者の隔離入院を受け入れるなど、公共医療機関の役割も注目された。しかしこれだけで地方医療院の存在価値を証明するのは難しい。今後予想される新たな感染症の流行に備えるためには、力量不足を認めるべきである。

　新型コロナウイルス感染症の流行はいつ終わるか分からない。終わったとしても、未知の感染症がまたやってくるだろう。国は新型感染症に備えた非常診療体系を整備し、専門家の意見を反映できる意思疎通ルートを作っておかなければならない。

　大韓民国公共医療の新しい絵が必要だ。

3）地方自治体が設立した地域拠点公共病院。韓国内に35カ所ある。国立大学病院、国立中央医療院、保健所とともに国家公共保健医療体系の中枢的な役割を担っている。地方医療院は収益よりも地域住民の健康増進や地域保健医療の発展に焦点を置いた病院経営を行っている。

第2部
大邱の医療現場から

以心伝心

イ・ウンジュ
漆谷慶北大学病院　陰圧集中治療室看護師

　大学卒業後、専攻を生かして今の職場に就職し、いわゆる「生計型看護師」〔家族の生計を担う看護師〕として働いているが、ずいぶん前から胸に抱いていた漠然とした夢が一つある。「いつかどこかで私が必要とされるとき、私はそこにいるべきだ」

　その「いつか」が「今」になり、「どこか」が私の生まれ育った故郷「大邱」になるなんて、想像もしていなかったけれど。

　韓国で新型コロナウイルスの感染者が増えているというニュースを見た。特に私の住んでいる大邱市や慶尚北道で急増していて、多くの医療スタッフが必要となるだろうというニュースも耳にした。そんなとき職場で医療スタッフ派遣に関する正式な通知があった。「新型コロナウイルス感染患者のための医療スタッフを派遣する予定なので、志願者を募ります」という携帯メッセージが来ただけだからよかったものの、もしも「さあ、志願する皆さんは今すぐ出発しなければなりません」と言われていたら、すぐに立ち上がって派遣の隊列に加わってしまうほどの勢いだった。そのときの私はそういう気持ちだった。

　両親を含む家族たちも同じ地域に暮らしているが、私は一人暮らしを始めていつしか10年。家族みんなが心配するから黙って行こうかともちらりと思ったが、万に一つでも起こり得

る最悪の状況を想像せずにはいられなかった。そうなったとき私は何と説明すればいいのか。やはり両親に伝えることにしてそれらしい言葉をいろいろ考えておいたのに、電話越しに、いつものように温かく私を包み込む父の優しい声を聞くなり、こう言ってしまった。

「お父さん、コロナの患者の世話をする医療スタッフが足りないんだって」

「念のために言っとくけど、自分から手を上げて行くなんて言うなよ」

ははぁ、やはり私の父だ。こうやって愛し心を砕きながら私をここまで育て上げてくれたのだろう！ それ以上話すのはきまりが悪く、確か父の意見におおむね同意するというニュアンスを漂わせて電話を切った。そして看護師長にメッセージを送った。

「志願します＾＾」

3日後、夜勤を終えて朝、家に戻り、一眠りして昼ごろに起きると看護師長からの着信履歴が残っていた。派遣が決定し明日、早速出発するという。私はまた電話をかけた。

「お父さーん、あのー、私さ、コロナの病院に行くことになったんだ」

「ほほう……手を上げたんだな！」

やはり、やはり私の父だ。さまざまな思いが胸にこみ上げてきて、なぜか目頭が熱くなった。そのあとどんな話をしたのかよく覚えていないが、思いつく限りの言葉で互いへの愛情を表現したように思う。子を思う気持ちでは誰にも負けない母は倒れんばかりに驚いて心配するだろうと思い、このことを母に伝えるミッションは父に託して電話を切った。

いつもにぎやかだった私たち家族のメッセンジャーのトーク

ルームには、翌日、初の派遣勤務を終えた私が安否を知らせる
メッセージを送るまで、しばらく静寂が流れていた。

悲壮、落ち着かなさ、胸の高鳴り、懸念、気がかり、心配、
不安、恐怖、緊張、違和感、戸惑い……。

派遣勤務の初日、新型コロナウイルス専門医療機関に指定さ
れた大邱東山病院に到着し車を停めているほんの一瞬のあいだ
に、ありとあらゆる感情がよぎり、頭が真っ白になった。私は
一体どういう気持なのか、どうして心臓がこんなにバクバクす
るのか、わからなかった。

同じ職場から派遣されてきた看護師たちと合流し、なにやら
ひどく忙しそうな本部の片隅で部外者のように座って管理者を
待った。誰もが初めて経験する、この慣れない雰囲気を落ち着
かせようとするように、私たちは日常的な会話をした。話の中
に「覚悟」という言葉が直接出てきたわけではないけれど、私た
ちは明らかに互いの覚悟を感じ取っていた。実のところ私たち
も互いに初対面で、まだぎこちない雰囲気だったにもかかわら
ず、だ。そうやって私たちの戦友愛が芽生え始めた。

「見知らぬ者同士が一つの船に乗り、誰よりも深い関係にな
る」

「以心伝心」。知り合ったばかりの者同士にこの四字熟語を使
うのはおかしいけれど、私たちは明らかに「以心伝心」だった。
この離れ小島に座礁した船にしばらく留まることを決断した
「私たち」ゆえ、間もなく始まる、私たちでなければ守り抜くこ
とのできないこの戦闘をともに闘おうという悲壮でぎこちない
決意が、私たちの共通分母になってくれた。

初めは時間がゆっくりと流れているように思えた。だが、それもつかの間。本部に到着してまだ数時間という朝早くから、決意もなにも考える間もなく私たちの一日が始まった。報道陣のフラッシュを浴びながら、先に派遣されていた看護師のあとについて防護服に着替える部屋へと向かった。

　前日、一夜漬けで、動画を見ながら頭で覚えただけの防護服の着用方法を、早速、実践に移すというミッションからして容易ではなかった。きちんと丁寧に、かつ手早く！　感染コントロールの重要性を知り、知識をアップデートしながら日々現場で働いているとは言え、高性能の防護服を扱うのは初めてでどうしても不自然な動きになる。それを体に覚え込ませるのが当面の大きな課題となった。

　飛沫だけでなく空気（エアロゾル）も感染経路に含まれるとなれば、自分で自分の身を守ること以上の責任感が求められる。医療スタッフ全員が集団生活をしている状況では互いが互いの濃厚接触者となり、誰か一人による穴から、最後の砦であるこの船を一瞬で沈没させる事態に及ぶ可能性があるからだ。この闘いに勝つためには、私はあなた、あなたは私、というつもりで互いを守らねばならない。

　私たちはそうやって毎日、音なき戦場へと入っていった。大邱東山病院の一つの建物全体が集団隔離室となった。教科書でしか習ったことのない状況が目の前にあった。この巨大な集団隔離室の中の雰囲気や防護服を着た感じをいろんなふうに想像してみてはいたが、実際は本当にあらゆる面で想像以上だった。あちこちが白いシーツで覆われた、がらんとした広いロビーを初めて目にしたときは、まるで宇宙人になって廃屋を探検しているような不思議な気分になった。息をしているのにこらえているような息苦しさは常にあったし、2時間のシフト勤

務の終わりは本当に来るのだろうか、時間が止まってしまったのではないだろうかと感じることも時々あった。サウナでさえも経験したことのない、全身の汗腺がいっぺんに開くという珍しい体験もした。ゴーグルやマスクで圧迫されることによる局所的な痛みがあり、顔のあちこちに保護テープを貼ってみたりもしたが、これと言って効果のある方法はなかった。

　その日の体調によって強弱はあったが、勤務中はさまざまな症状が現れた。あるときは、入室後30分ほどで息が詰まってきて、すぐにすべての防護服を脱ぎ捨て外に飛び出さずにはいられないような極度の恐怖に襲われ、同時に、全身に鳥肌が立つような寒気がした。気を落ち着けて、私のいた──なんと8階の──病棟の位置と出入口を思い浮かべながら、いざとなったら飛び出していくためのルートを頭の中で描いた。

　そんな状況にあっても、もし私が飛び出していったら一人残され数十人の患者を看護しなければならなくなる同僚や、外で次の交代を準備しているであろう同僚たちのことが真っ先に頭に浮かび、それが内心おかしくもあり悲しくもあった。幸い、深呼吸をしながらなんとかやり過ごすことができたが、あとでほかの看護師とそれぞれの経験を話してみると、こうした軽いパニック発作を経験した人は何人かいた。誰もが頭痛やめまい、吐き気などの症状を繰り返し経験していた。

　投薬の際は、患者によっては1人6〜7袋にもなる個包装の薬を数十人分、湿気でうっすら曇ったゴーグル越しに、袋をあっちに向けこっちに向けしながら、にらみつけるようにして確認しなければならなかった。患者は自由に動き回れないので食事は私たちが一人ひとりに配らねばならず、それもなかなか大変だった。弁当をできるだけ普通の食事のように配膳しようとすると、配る物の数がどんどん増えていく。おかずはおかず、ご

飯はご飯、汁物は汁物、デザートはデザート、間食は間食、水は水──それぞれ数十人分を配るには、大きなカートに1種類ずつ載せては配り、載せては配りを繰り返すしかなかった。

　農家の人が額に汗して育てた一粒の米には私たちの汗も添えられた。気持ちは2倍速、3倍速で回っていても、防護服を着た私たちの動きはまるでスローモーションの映画のようにただただ遅かった。

　勤務中、休憩時間に休憩室に集まると「初めて海で作業する海女みたい」「肉体的限界値を日々更新しつつある」「何日かここにいると、今のこんな症状も、もともとあった慢性疾患みたいに思えてくる」など、独創的でユーモラスな表現で各自の感想を言い合った。今になって考えてみると、そうした会話をしながら互いに強く共感し合うことでストレスを解消し、励まし合っていたのだろう。

　以上は、しばらくのあいだテレビに何度となく映し出されていた医療スタッフの姿だろう。コロナの拠点病院に派遣されていたと言うと、ほとんどの人がこういう経験談を想像し、関心を持って聞いてくれる。ここ数カ月で私が経験したことの中には今回紹介した内容も含まれてはいる。だが、こんなふうに短くまとめられるごく表面的なことは、経験全体からすればほんの一部に過ぎない。

私の経験した奇跡

イ・ウンジュ

漆谷慶北大学病院　陰圧集中治療室看護師

人生と人生が混ざり合う

　「遠い親戚より近くの隣人」という言葉は今の韓国でも通用するだろうか。私たちにとって隣人とは誰だろう。自分のSNSのフォロワー？　隣人と呼ぶにはふさわしくない気がする。自分を表現するためSNSに載せる「アイテム」はその人が選んだものに過ぎず、その裏にいる一人の人間がどんな人生を生きているのかを正確に表しているわけではないからだ。

　私たちはたった1行のコメントで地球の裏側にいる人の心を勇気づけることも傷つけることもできるという、すごい世界に生きている。だが相変わらず、多くの一般市民の現実的な行動半径は家族や友人、職場という狭い枠内に留まっている。その枠内にいる私のような凡人の影響力では、数年間ともに働いている同僚のうち数人の心の片隅をつかむのがやっとだろう。ましてやこの隔離された環境ではいかばかりか。

　一人ひとりは孤立している。みんなが孤立している。隔離病院で働いている医療スタッフやボランティアたちは、一般的な社会生活はおろか家族の顔を見る時間さえも減った。隔離されている患者たちは言うまでもない。家族の安否を問い社会の様子を聞くことのできる携帯電話があるとは言え、じかに対面し、目を合わせて挨拶し、手助けを求められる人と言えば目の

前にいる医療スタッフだけ。それも感染防止のため用件はできるだけ電話で伝えなければならないという孤独と寂しさの中では、未知の病に対する恐怖は大きくなるばかりだろう。

　医療スタッフとして彼らの前に立つ私たちには、彼らの不安が軽減するよう手助けする義務があるのではないだろうか。感染者との接触を最小限にすることが大原則であるため、私たちは短い一言に何を込めるべきかを常に考えていた。その一言が彼らの心に届きますようにと。外からはただ閉じ込められているだけに見えるこの小さな社会の中で、私たちは今までになく活発に交わっていた。互いの人生がここでは簡単に混ざり合うのだ。

　新型コロナウイルスという未知の病原体はさまざまな形で、多くの人の生き方や、人生に対する姿勢を変えたようだ。私たちは病院という隔離された小さな社会の中にいながら、大邱市民や韓国国民、移民者たちの人生までをも身近に感じた。外部から絶え間なく届けられる救護物品の中に入っていた小さな絵や手紙、一行のメッセージ、各国の在外同胞の動画メッセージからも、彼らと私の人生が共存していることが感じられた。彼らは一面識もない私たちや、病床にある患者やその家族、苦境にあえぐ人々や地域の姿を目にして、家計を節約したり貯金箱の中身を出したりして新しい形の贈り物をしてくれたのだ。一人ひとりが戦友のような同僚、友人、家族代わり、応援団、支持者となり、この国のすべての人の人生が混ざり合うのを体験した。それがたとえ一時的なことだとしても、だ。まるで足の指にできた小さな傷が治るまで体全体でかばってくれるかのようだった。普段はいたって平凡だが、誰かを助けるとなると非凡で奇抜なアイデアを生み実現させる彼らのことを、私もやはり尊敬し応援する。

The Lord prefers common-looking people. That is why he makes so many of them.

—— Abraham Lincoln

　神は、平凡な人々を愛しておいでに違いない。これほど沢山、お創りになられたのだから。

—— アブラハム・リンカーン

未知の敵と闘う「私たち」の姿勢

　私は、ハラハラし通しのホラーやスリラー映画はあまり得意ではない。そんな私が観た数少ないホラー・スリラーの中で、2007年の『ミスト』〔日本公開2008年〕と18年の『バード・ボックス』には一つの共通点がある。それは恐怖を引き起こすものが、見えない不確かな存在だということだ。目に見えるか見えないかということではなく、観客には見えているのに主人公には見えていないということでもなく、観客にも主人公にも見えない存在が映画全体を引っ張っていくのだ。怖いシーンはほとんど目をつぶっていたのであらすじはうまく説明できないが、見えない何かに対する恐怖心はかなり長く残っていた。

　不確かさから来る恐怖心——見えない、見ることができない、得体が知れないことから起こる恐怖心は、新種の感染症と向き合うこととなった私たちの状態と似てはいないだろうか。

　意識したくないことだが、私たちは間違いなく命がけで働かねばならない状況に置かれていた。と、過去形で書きたいところだが、これを書いている今もまだ現在形だ。今もそういう状況に「置かれている」。そんな危険な状況であるにもかかわらず、ここにいる大勢の人たちは今も現場を守っている。敵を知る前に逃げていたならまだしも、すでにその敵のせいで苦しん

でいる人たちがいるからだ。

　ある人は、未知なる敵を明らかにすべく診断キットを開発
し、迅速な診断のため「ドライブスルー方式」の導入というアイ
デアを生み出し、またある人は、武装解除させる方法がまるで
わからないこの敵に打ち勝とうと新薬開発に死力を尽くしてい
るのだ。

　彼らが各自の持ち場でそれぞれの才能を生かして闘っている
あいだ、私たちは患者を支えている。自宅のベッドで足を伸ば
して横になったのはこの数カ月で数回という状況にもなんとか
耐え、もはや慣れてしまった医療スタッフ用の病室のベッドに
座って今もこうしてノートパソコンを叩いているが、患者やそ
の家族のことを考えると、ウィンストン・チャーチルの名言が
頭に浮かび、胸が痛む。

　　It is no use saying, "We are doing our best." You have got
　　to succeed in doing what is necessary.

　　　　　　　　　　　　　　　　　　　　── Winston Churchill

　　「最善を尽くしている」と言ったところで意味がない。
　　「必要なことを行う」ことにおいては必ず成功しなければな
　　らない。

　　　　　　　　　　　　　　　　　　── ウィンストン・チャーチル

　感染病の多くは、その実態が明らかになりワクチンが開発さ
れるのはずいぶんあとになってからだ。だからと言って「今回
もどうせそうだろう」と諦めて手をこまねくだけの「私たち」で
はないと信じている。この「私たち」という言葉には我々全員が
含まれている。先に述べた各分野の専門家をはじめ、刻々と変

化する患者の状態を観察し対処する医師や看護師、検査技師、介助者、そして病魔と闘っている患者本人や家族まで。

「私たち」全員が「今回はなんとか食い止めてやる」との思いで、全力で努力していると信じている。そんな私たちに今必要なのは、最後までやり抜く忍耐力だ。今は、現状を打開し次に備えることに集中すべきときだ。

> You can't go back and change the beginning, but you can start where you are and change the ending.
>
> ——C.S. Lewis

> 過去に戻って始まりを変えることはできない。だが、今から始めて未来の結果を変えることはできる。
>
> ——C.S.ルイス

エピローグ

2週間という短い期間だったが、その中で得た、長く記憶に留めておきたい大切な出会いを思い返してみる。まず、長期間の隔離生活に耐えていた患者たちとの出会いだ。それぞれに事情がありそれぞれのつらさがあったと思うが、ふと漏らした言葉やため息から推し測るのみで、じっくり話して慰めてあげられるような状況ではなかったことが残念だ。

後輩たちとのうれしい出会いもあった。ある後輩とはほぼ10年ぶりの再会。当時、私は助教として、後輩は勤労学生〔大学内で働いて手当をもらう学生〕として大学で出会い、数カ月間、毎日のように顔を合わせて過ごしていた。それから数年後、彼女は実家のある大田での就職を機に引っ越していき、私はずっと大邱にいたので接点はなかったのだが、彼女もコロナのため大邱

に派遣されることになり再会したのだ。美しく立派に成長していたのに、応援や称賛の言葉を十分にかけてあげられなかったのが心残りだ。私たちは一緒に写真を撮って母校の先生に送った。先生も誇らしく思われたことだろう。もう一人は2020年、卒業と同時に奉仕活動を始めた奇特な後輩だ。それぞれ進む道は違えども、こうした危機的状況に際し勇気を出して自ら志願したということに胸が熱くなった。

　中学卒業後、疎遠になり、約20年も会っていなかった昔の親友は、テレビに映った派遣医療チームの中から私の顔を見つけ、人づてに連絡先を聞いて連絡してきた。かわいい子供たちの母親となった彼女は、眠っていたご主人を起こして私の話をし、子供たちには「母さんの友達」だと自慢したという。

　最後に、チームを組んで一つの病棟を担当していた同僚たちとの忘れがたい出会いを思い返してみる。経歴や経験はそれぞれ違っても、みな同じ心で互いを気遣って励まし合い、いつどんな状況においても率先して行動していた誇らしい仲間たちだ。うっすら曇ったゴーグル越しでもはっきり見えていた、彼らの力強い目を忘れない。

　私は、自分の時間、自分が楽しむための時間、もっと楽に過ごせる時間を、誰かの世話をする忍耐の時間と引き換えにしたわけではない。疲れが極度に達していたある日、ほんの一瞬そういうふうに思ったこともあったけれど、時が経つにつれ気持ちが少しずつ変わっていった。私が必要とされるその時間、その場所に私がいるということ。そこには経験した人でないとわからない大きな喜びが確かにある。そして、誰かが必ず守らねばならないその場所に私がいられること、その任務を負うに足る能力が備わっていることは、不平を言うべきことではなく感

謝すべきことなのだ。

　2週間の派遣勤務は終わったが、その後もコロナ感染患者に
関わる仕事は続いている。私が派遣されていたあいだに、もと
もとの勤務先である漆谷慶北大学病院ではハード、ソフトの両
面を改造してコロナ患者のための陰圧集中治療室を設け、集中
治療室での勤務経験のある人を院内から集めて配置した。集中
治療室の臨床経験のない私を含む何人かは、新人看護師のころ
より多くの時間を割いて初めて見る装備や患者の状態把握のた
めの勉強をし、彼らを補助してコロナ患者たちを日夜、守って
いる。

しぶとい新型コロナウイルス、されど更にしぶとい大邱

パク・チウォン

漆谷慶北大病院　63病棟看護師

新型コロナウイルスの指定病院に行くまで

　2020年1月、新年を迎え、友人とカフェでうきうきしながら2020年上半期の計画を書いた。「運動する、水泳する、両親と海外旅行に出かける……」。誰もが新年を迎えてわくわくしているようだった。私の家族は両親の結婚30周年を記念して上海へ旅行に行くことにしていた。ところが飛行機のチケットを予約する直前のことだった。中国がなにかおかしい。新型ウイルスによって武漢市が封鎖され他の地域でも人通りがなくなっている。けれども、1月初旬の時点でまだ韓国内には陽性患者は出ていなかったため、「私は大丈夫じゃないかな」「たいしたことはないよね」というほどにしか思っておらず、旅行に行っても構わないのではないかと考えていた。しかし、日に日に増えていく陽性患者の数に、ひょっとすると病院に迷惑をかけてしまうのではと思い、海外旅行は諦めた。

　2020年1月20日、韓国で最初の新型コロナウイルスの陽性患者が発生した。日本行きの航空機の乗客である中国人だった。病院に選別診療所が作られ、面会制限が始まった。それでも私が暮らしている大邱にはまだ患者がいなかったからだろうか、病院で働きながらもひどく心配したり、気を遣ったりはしていなかったと思う。しかし、2月18日に大邱で最初の患者が

出て、移動経路が発表されると、大邱はあっという間にひっそりと静まり返った都市に変わってしまった。陽性患者が行き来した場所に人は寄りつかなくなり、家から出なくなった。初めての状況に漠然とした恐怖が押しよせてくる。朝、目を覚ますと前日の陽性患者数とその移動経路を確認することが日課になった。

2月18日を起点に大邱の陽性患者数は爆発的に増え、いくつかの病院が新型コロナウイルスの専門病院として指定されたが、それよりも大きな問題は医療従事者が不足していることだった。医療従事者が足りないという連日のニュースと大邱市医師会会長からの切実な要請文を読んで、看護師として私にできることは指定病院の医療チームに志願することだけだと思った。

一度も経験したことのないこの状況に、じかに向き合ってみたいという思いもあった。しかし、勤務する病院の事情もあるので、自分の都合だけで行くと言える状況ではなく、まずは病院からの公示を待った。指定病院に志願する医療従事者を募集するという公示を受け、看護師長に意思を伝えた。この時点で私が勤める病院も、新型コロナウイルスによって病棟の状況が急変していた。師長はこの病院もこれからどうなるかもわからないので、とりあえず様子をみましょうとおっしゃった。

2月27日、看護師長から指定病院で勤務するかどうかを尋ねられた。最初に意思を伝えた時には病院の事情から派遣は難しそうだったため、すでにあきらめていたこともあり、突然のことに若干戸惑い、また心配にもなった。少し考える時間をもらい、結局志願することに決めて、まずは両親に電話をした。両親からは「どうしてそんな危険なところに行くのか」「勤めている病院で一生懸命やりなさい」と言われたが、私は結局、自分

の思うようにやるつもりだと伝えた。そして前日に派遣が決まったのだった。

　初出勤を控えた夜、両親にもう一度私の意見を伝えた。両親の前ではまったく怖くないふり、大丈夫なふりをしたが、いざベッドに横になるといろいろな思いや、不安などで、目を閉じたまままんじりともせず、結局1時間ほどしか眠れなかった。やはり、もしも私が勤務を終えて帰宅し、家族をウイルスに感染させてしまったらという心配がいちばん大きかった。心配、恐れ、そして胸の高まりの中で夜が過ぎて行った。

　派遣初日、家族も朝早くに起きて、出発前の私を応援してくれた。大きな応援を受けて、恐れとはやる気持ちを抱えて指定病院に向かう。病院の建物を静かに眺めていると、どういうわけか胸がいっぱいになった。看護部長に挨拶をし、簡単に病院の現状、勤務するチームを紹介してもらう。今、高まる気持ち、恐怖、それから私がこの危機状況で少しでも役に立たなければという思いで病棟に入っていく。

慣れないレベルD防護服

　患者と医療従事者は別々の建物にいるため、半袖の活動服を着て、患者のいる建物の外に作られた更衣室に向かう。2月はまだまだ寒さが厳しい。しかし初めての勤務に就く時は緊張していて寒さを感じず、一緒に勤務する人たちにひたすらついて歩いていた。生まれて初めて身につけるレベルD防護服を、隣で着替えている人に倣って着てみる。着るだけで15分以上かかった。日が経つにつれて5分で着替えられるほどになったが、最後までレベルD防護服に慣れることはなかった。

　レベルD防護服を着るだけでも汗が出て、息が詰まり、体のあちこちがかゆくて仕方がない。外は間違いなく寒いのに炭焼

き釜の真ん中にでもいるように汗がダラダラと流れ、息苦しい。ゴーグルにまで湿気がこもって前が全く見えなくなることもしょっちゅうだ。クラクラすると椅子に座って深呼吸し、良くなるまで待つ。保護メガネとN95マスク[1]が顔を押さえつけるので痒く、痛くて、無意識に顔を掻いたり、髪をかき上げたり、ゴーグルをずらそうとしてしまう。

　それを見た医師たちはとても驚いて、絶対に手で掻いたり触ったりしてはいけないと念を押した。いけないとはわかっていても本当に痒くて痛くて、全く集中できず、痒みはひどくなった。もっと大変なことは、レベルD防護服着用後の2時間はトイレにも行けず水も飲めないことだ。普段でも2時間程度トイレに行かないこともあるし、水を飲まないこともあるが、行けない、飲めないとなるとつらさが増した。

　レベルD防護服を着ると汗が止まらず、のどの渇きがひどくなる。それでレベルD防護服を脱いだら冷たい水をたくさん飲もうと思うのだが、その一方で次に防護服を着た時にトイレに行きたくなるのではないかと心配になり、休憩時間でもあまり水を飲まず、防護服を着る直前には行きたくなくてもトイレに行っておく。まだそれほど長い時間勤務したわけではないが、もうすでに1カ月も勤務したような気がする。全身がズキズキし、酸素の供給がスムーズではないので頭痛もする。レベルD防護服は全身一体型なので、フードまですっぽりかぶってしまうと首が自然と前に突き出す格好になり、首、肩までとても痛い。何度かレベルD防護服を着てみると、締めつけのきついところや、ゴーグルとマスクを着けてもフードの間にすき間がで

---

1) NIOSH（米国労働安全衛生研究所）規格に合格したマスク。最も捕集しにくいと言われる0.3μmの微粒子を95%以上捕集できることが確認されている。ウイルスを含んだ飛沫の侵入を防ぐことができる高性能なマスク。

きていることに気がつく。各自それぞれのやり方でレベルD防護服を着る前に肌が締めつけられないように保護パッドをあちこちに貼り、すき間のできたところは紙テープできっちりと塞いでおく。絶対にウイルスが侵入しないように！

　別の病棟で勤務していた看護師は、勤務中になにかの金具がひっかかってレベルD防護服が破れてしまい、急いで建物の外に出てレベルD防護服を脱ぎ、シャワーを浴びてからもう一度レベルD防護服に着替えて病棟に戻ってきたそうだ。PAPR（電動ファン付き呼吸用保護具）についているフードを着用すれば、N95マスクでなくても一般の医療用マスク着用で良い。PAPRを腰につけてホースをフードの後ろに固定させれば、浄化された空気がフードの中に入ってくる。ただしホースが外れてしまうとフードの後ろの穴から病室内の空気や飛沫が入ってくる可能性がある。処置で動いているとホースが時々外れてしまうので、注意しなければならない。ホースが壁などにぶつかって外れてしまい、その日から自宅待機になった医療従事者もいた。

　ある日は4人の患者の点滴のルートを確保しなければならなかった。病棟での主な仕事ではあるが、ゴーグルをつけ、二重に重ねた手袋をはめて針を刺す位置を見つけることは簡単なことではなかった。ゴーグル内にも汗が滴り、湿気がこもって血管が見えず苦労した。患者に少し待ってほしいと言い、湿気が乾くまで待ってもらった。どうにか手の甲の血管を確保し、固定するためのテープを切るときに、テープが手袋にくっついてしまった。苦心してはがしていると手袋の親指の部分がびりっ、と破れてしまった。幸いなことに患者もマスクを着けていたので指に唾液がついたりはしなかったがばたばたと慌てて出て行き、手を洗って新しい手袋をはめ直した。

　レベルD防護服は脱ぐ時に特に注意しなければならない。防

護服、ゴーグル、マスクの外側は汚染されているので、脱ぐ時に万が一にも顔や皮膚に触れないように、外側の部分を内側にぐるぐると巻くようにしながらゆっくり脱ぎ、マスクはできるだけ前に引っ張ってから息を止めて外さなければならない。脱いでみると、ゴーグル、N95マスク、フードで2時間締めつけられていた部分がくっきりと真っ赤な痕になって残っている。2時間ほど経つと痕は消えた。そうすると再びレベルD防護服を着なければならない時間だ。

隔離病棟の生活

隔離患者と医療従事者は最少接触が原則なので、一般病棟とは異なり、患者を頻繁に見廻ることはできない。患者たちは廊下に出る回数をできるだけ減らし、病室でだけ生活する。

個室を割り当てられた患者の場合は病室内で好きなだけ動くことができるが大部屋の場合はそれすらできない。短くて1週間、長くて1カ月以上の間、ベッドとその周辺だけで生活するということは並大抵のことではない。

医療従事者もレベルD防護服には苦労させられているが、長期間隔離病棟生活を送り、病室だけに閉じ込められている患者のストレスと苦痛には及ばない。病院生活が長くなるほど彼らは自分なりの方法を見つけ、時間をやり過ごしている。朝の勤務時間に検温のため病室に入ると、病室ごとに朝を迎える様子はさまざまだ。それぞれがベッドの上で座り、Bluetoothスピーカーから流れてくるラジオを聴きながらおしゃべりをしたり、全員マスクを着けてベッドの前に立ちスマートフォンで動画を見ながら国民体操〔日本のラジオ体操にあたる〕をしたりしている。

なぜ体操をするようになったのか尋ねると、一日中寝ていると体が疲れるし気分も憂鬱になるので、毎朝同室の人たちと一

緒に体操し、おしゃべりをするのだそうだ。彼らの言うように、ベッドに横になって一日を送っていると体も心も弱ってしまい、いつ終わるかわからない隔離生活は苦痛しか感じられなくなるだろう。窓を開けてさわやかな空気を吸いこみ、体を動かす少しの時間が患者たちには貴重な一日の日課になった。

　ある60代の患者は病院に来て食事もほとんど摂らず薬も飲まない。看護師も心配してその方の病室に行くたびに食事を用意し、少しでもたくさん食べるように介助してあげたりもした。また同じ病室の患者たちも心配になったのか、食事時間になると交代でこの方の食事の用意をしてくれている。自分たちよりももっと大変な患者を助けてくれている姿に心が温かくなった。

　病院や老人施設の集団感染によって転院してきた70〜80代の高齢者が大部分を占める病室はまた状況が異なる。大部分が長く寝たきりの生活をしている方たちなので、自分では身の回りのことはできず、看護師や家族、付き添い人の助けが必要不可欠なのだが、隔離病院には家族も付き添い人もいない。人手不足のため、50〜60名の患者が入院している病棟に看護師が2〜4名しかいないので、細かくまめに看護するということは事実上不可能だ。最小限の補助しかできずに申し訳なく思った。それでも看護師たちはみな、できる限り集中して看護にあたり、食事の用意をし、おむつの交換をした。コロナがどんなものかもわからないままに感染し、治療を受けている高齢者を見ていると、やりきれず、胸が痛んだ。

　どの医療従事者もそうであるように、患者からありがとうという言葉を聞いた瞬間、疲れを忘れ、胸がいっぱいになる。ある患者はひどい悪寒があり、体温を測ると38.1度の高熱だった。毛布を掛けてあげて医師に報告してから解熱剤を出した。

高熱のせいで体をぐったりとさせて、苦しそうにしていたので、濡れタオルで体を拭いてあげた。しばらくして熱が下ると、その方が「私たちの看護でたいへんですね。ありがとうございます」と言ってくれ、その言葉を聞いた向かいのベッドの方も「私たち早く治って退院しますから。もう少しだけがんばってください」と言ってくださった。少しでも役に立てたようで、満ち足りた気持ちになり、気分が良かった。2日前には酸素マスクで高濃度の酸素を吸入しなければならないほど厳しい病状だった方が、今日は鼻に入れた管から吸入する酸素量も減って、楽になった様子でベッドの上に座っている。携帯電話に届いた手紙と写真を見ている。時間に余裕があったので近づいていってこれは何ですかと尋ねると、息子、娘、孫娘、娘婿が送ってくれた手書きの手紙と家族写真だった。

　「昔の思い出を忘れないようにと子供たちが手紙と写真を送ってくれたんだよ」と言って手紙をゆっくりと読んでいた。「早く退院して遊びに行こう」「家族みんなで集まっておばあちゃんのためにお祈りしています」「お医者さんや看護師さんの言うことをよく聞けばすぐ元気になるよ」。手紙の一つひとつに込められたそのまごころを思うと胸がいっぱいになった。面会もできず、電話だけで連絡を取っている家族にとっては、高齢のおばあさんのことがどれだけ心配なことだろう。隣で一緒に手紙を読みながら数カ月前に亡くなった私の祖母のことや、患者さんがひとりで苦しい時間を過ごすのは寂しく、つらかったことだろうなどと考えると、思わず涙が出た。幸いなことに、マスク、ゴーグルをつけているので気づかれずにすんだ。その方は、手紙を読み、写真を一枚一枚めくりながら子供たちの話をしてくれた。数日前まで返事も十分にできず、苦しんでいた方が、今では良くなって、笑いながら話しているのを見る

と本当によかったと思う。たとえ短い時間であっても、家族の話をする時に苦痛にゆがんだ表情ではなく、明るい笑顔を見ることができてよかった。

この方と、必ず1週間以内に酸素マスクを外してトイレにもひとりで歩いて行けるようになりましょう、と指切りしながら約束した。すると、退院したら看護師さんやお医者さんのためにおいしいものをたくさん差し入れしますよとおっしゃるので、絶対に元気な姿になって来てください、待っていますからねと答えた。病院を訪ねて来なくてもいいから、必ず完治して愛する家族と一緒に幸せな時間を過ごしてくれればと思う。自力では小さなベッドから降りることもできないほどの病状の中、手ごわいコロナウイルスと闘っている患者を見て、1日も早く健康な姿で退院して家族との幸せな時間を送ってくれることを願う気持ちになり、短くお祈りした。

生活治療センターができてから軽症の患者たちはそちらへと移り、こちらには入院治療が必要な患者たちがたくさん来ている。そのため以前よりも抗生物質、点滴の投与が増え、病棟はさらに忙しくなっている。しかし、入院治療が不可欠な人に部屋が行きわたることで、少しでも早く治療を受けることができるようになったのは良いことだ。

生活治療センターから移って来て、2度の陰性判定を受けて退院することになった患者を見かけた。1カ月ほどの病院生活を終え、家に帰る前に荷物を整理しながらも笑顔があふれている。家族のもとへ、日常へ戻っていくことは本当に幸せなことだろう。明日はもっとたくさんの患者が退院し、もっと病状が回復することを願う。

医療従事者のこと

　新型コロナウイルス指定病院と生活治療センターが初めて作られたが、正確な治療方針はなく、医療従事者は多くの困難にぶつかった。しかし1週間ほどが過ぎ、方針の枠組みが病院に伝えられると、医療従事者は病院の事情に合わせて迅速に細かな指針を作り、病院の状況に合わせて変更したりしながらも、これによく従っているので、どんどん体系が整いつつある。

　看護業務は普段よりも減ったが、患者が他の病室に移ることになれば、患者の移動、空いたベッドの掃除、さらに食事の配膳など、本来はしない業務をしなければならず、思ったよりも体力を使うので疲れる。

　普段は他の病院の医療従事者と会うことはないのだが、こうして一緒に勤務しながら話をすると、防護服の窮屈さを束の間忘れたりもする。いつから始まったかはわからないが、ナースステーションにある掲示板に看護師がお互いのためにメッセージを書いていた。温かい応援の言葉で励ましあいながら、きつい勤務時間、少しでも笑ってみる。引継ぎ時間になると、交代するチームは少しでも早く入って引継ぎを済ませ、勤務を終えたチームが早く帰れるように配慮してくれる。「頑張って」「おつかれさまでした」。お互いに応援し合い、病棟を出る。

　日々勤務チームが新たに決められるため、その都度違う病棟に行くことになる。ある日、初めて集中治療室に行くことになった。私は集中治療室の経験がなく、行く前から心配だった。一般病棟と異なり、バイタルサインとI/O（水分の摂取量・排泄量）を2時間間隔で確認しなければならず、その時間になっていなくてもすべての患者には患者感知装置〔バイタルサインモニター〕が置かれているので随時、酸素飽和度や脈拍を確認する。異常がある場合は警告音が鳴るのですぐに対処しなければならな

い。しかし、防護服を着て患者たちのところに素早く駆けつけることは本当に難しい。集中治療室にいる患者は譫妄〔意識障害〕が起こる場合が多いが、そのような患者を看護し、おむつを交換し、体位交換をすることは、防護服を着ているせいで普段の10倍大変だった。一般病棟より患者の状態が良くないので、いつ緊急事態が発生するかわからないという不安感から、医療チームは皆さらに集中し、神経をとがらせて仕事をしていた。積極的に仕事をしたいのだが、毎日勤務する病棟が変わるので、何がどこにあるのか、患者の状態がどうなのかを毎回把握し、新しいメンバーと働くということ自体が難しく、ストレスになる状況である。1日休みを挟んで再び集中治療室に行くことになった。前回の集中治療室での勤務がとても厳しかったので随分と心配しながら向かった。幸いにも患者の多くは状態が安定していてそれほど忙しくなかった。一緒に勤務した他の病院から来ている看護師たちは、私の知らない機械について一つひとつ説明しながら教えてくれた。

　防護服を着ると体力の消耗が激しく酸素がスムーズに行きわたらないため、2時間ほど勤務すると交代するのだが、ある先輩看護師は勤務時間をかなり過ぎているのに、他の看護師たちが少しでも楽に仕事ができるようにと病棟の整理をし、結局2時間も多く勤務していた。また、別の先輩もすべての患者のところに行って話し相手になってあげていた。このような看護師たちの努力と犠牲のおかげで患者はより良い看護を受けることができ、看護師はより良い環境で働くことができた。

温かい心

　新型コロナウイルス指定病院で実際に勤めてみると、医療チームだけでなく、診療に支障がないように支援してくださる

すべての方、困難な状況でも進んでボランティアをしてくださる人など、本当にたくさんの方々が助けてくださっていることが分かる。特に病棟で食事と廃棄物の片付けをしてくださるボランティアの役割は大きい。レベルD防護服を着て2時間一度も休まず動き回って片づけてくださっている。顔は汗にまみれ、息があがって話すのも大変そうだ。このような方々に心から尊敬の意を表したい。

　他の国ではコロナウイルスの拡散によって買い占めが生じ、医療従事者が使うマスクやガウン、更には食料品までもが無くなり、医療従事者が通りに出て寄付を募ったりしている。しかし韓国では、最前線で働いている人々のために喜んで心を寄せ合って、支援物資を送ってくださっている。大邱はもっとも多くの陽性患者が出たため、全国各地から手作りの食べ物が届いたり、少しでも足しになればとマスクを譲っていただいたり、心のこもった手紙が届けたられたりしている。手紙はどんどんと増え、病院では医療従事者が使う建物の一階に手紙を集めて貼り出した。誰もが大変な時に、私たちのために送ってくださった気持ちがとてもありがたかった。子供たちが小さな手で描いてくれた医者や看護師の絵や、つづりの間違ったくねくねとした手書きの手紙がとてもかわいらしく、皆が読んでは写真を撮っていく。

　医療従事者という理由で過分な愛情と関心を寄せていただき、恐れ多いほどだが、もっと一生懸命に働こうと思った。韓国の国民全員が英雄で、賞賛に値する。

指定病院での勤務から離れて

　最後の勤務は集中治療室だ。今日も集中治療室は慌ただしく過ぎていく。医師と看護師は目が回るほどの忙しさの中、患者

たちを見守り、治療をし、記録する。意識のない患者たちが少しでも苦しくないように体位交換を行い、体を拭き、手と足を揉む。誰一人いい加減に仕事をする人はいない。1日でも早く、1人でも多く退院することを願いながら汗を流し、座ることなく走り回っている。

　決められたスケジュールをすべて終え、コロナウイルス検査を受けた。検査前日はなんとなく不安になり怖かった。もしも陽性だったら、私のせいで指定病院の運営に支障をきたすことになると思うと心配になり、陽性判定を受ける夢まで見た。検査はとてもつらかった。鼻の奥まで長い綿棒を入れてぐるぐるとかき回す。涙がぼろぼろと流れた。結果が出るまで不安な気持ちをおさえることができなかった。幸い陰性判定を受け、心が軽くなった。

　初日に緊張しながら派遣先であるこの大邱東山病院に出勤してから、まだ間もないように感じられるが、2週間が過ぎていた。この2週間のうちに陽性患者の数は少しずつ減っていき、皆がそれぞれの場所で最善をつくしている。政府、医療機関の体系的な対応とその医療技術は世界のどの国よりも高い水準であることがわかり、韓国の国民が政府の指針に従い、個人の衛生管理への努力、そしてソーシャルディスタンスをよく守ってくれたおかげで、陽性患者数が大幅に減った。

　指定病院に勤務している間、温かい心と応援を過分にいただいた。応援に力を得て、私の本来の勤務先である病院に戻り、新型コロナウイルスが終息するまで患者たちをさらにケアしていこうと思う。思ったよりも長引いているこの状況に、医師、看護師、放射線技師、臨床検査技師、ボランティアの皆さん、消防隊員、国民すべてが次第に疲れを感じ始めているようだ。

新型コロナウイルスが長期化すればするほど、最前線で働いている人たちの苦労を忘れずに覚えていてほしい。1日も早くすべてが日常に戻るように、すべての人が暖かな春を迎えられることを願いながら派遣勤務を終える。私たち皆の平和と希望を祈りながら……。

平凡な日常

ク・ソンミ
慶北大学病院　内科集中医療室看護師

　顔に残る、何かで圧迫されたような跡、サウナから出てきたばかりのように濡れた服、寝ているとき以外ほぼずっと顔の半分以上を覆っているマスク、会いたくても会えず携帯メッセージや電話でのみ連絡を取り合う家族や友人たち、花咲くうららかな季節なのに窓の外を眺めるだけの日々……。

　いずれもわずか2カ月前には想像もしていなかった現在の私の日常の一コマだ。以前の私は世の会社員のように退勤時間になると喜び、週末には家族と旅行の計画を立てることに幸せを感じ、ニュースで見聞きした事件や事故にあれこれ意見を言ってみたりする、今では考えられないような至って平凡な日常を送っていた。

　新型コロナウイルスのため中国の武漢が封鎖されていたときも気の毒だとは思ったし、心配もしたけれど、あくまでもよその国の話だと思っていた。とはいえ私は看護師であり、大学病院で働く医療者なので、中国のような状況になったときに備えて病院がくれた資料には目を通していた。その程度の、備えとも言えないほどの備えをするのみで、それ以外には特に何もしていなかった。どこから来る自信だったのか、あんな状況には絶対にならないと信じていたし、万一なったとしても大事には

至らず無事に収まるだろうと信じて疑わなかった。

　だが状況は少しずつ変わり始めた。コロナ感染者が1人、2人と出るのを見ると、私の住むこの場所でも中国のような事態になる可能性がないわけではないのだと思えてきた。それでも、もしそうなったとしてもコントロールできないほどの事態には至らないだろう、十分に対応しきれるだろうと確信していた。だが状況は予想もつかないほど急激に変わってしまった。私の部署にいた一般の患者はほかの病棟に移され、空いたベッドにコロナ患者が入ってくるようになった。1人目が入ってきたときはまだ問題なく対応できる自信があったが、2人目、3人目と入ってきてそれがいかに無謀な考えだったかに気付かされた。

　私が働いているのは陰圧病床のある大学病院の集中医療室で、コロナ患者の中でも重症の人が入ってくる場所だ。集中医療室では刻々と変化する患者の状態に瞬時に対応しなければならず、少しでも対応が遅れるとそれだけ患者を危険にさらすことになる。よって、常に神経を集中させて患者のモニターを観察し、状態に変化があればすぐにベッドサイドに駆けつけて対処しなければならない。だがコロナの治療指針上、患者のいる空間は陰圧を保つために遮断壁で仕切られていて、出入りするには2枚のドアを通らねばならない。その上、一刻を争う状況には不向きな装備類も存在する。まず、自らの感染と他者へのウイルス拡散を防ぐため規定の順序どおりに着脱しなければならない防護服。着用中は体じゅうから汗が噴き出す。そして時間が経つにつれだんだん曇ってくるゴーグルに、息苦しさで頭痛や吐き気までしてくるN95マスク。どれもウイルスから身を守るには欠かせない大事なものだが、コロナ患者を担当し始めたころは何よりこれらの装備に苦労した。正しく着用できているのか、脱ぐ手順は合っているのか、意識のある患者の目には

防護服姿がものものしく映るのではないかなど、いろいろなことが心配だった。だが時の力は偉大で、約2カ月のあいだに防護服で過ごすことにも慣れ、当初より長い時間、看護にあたってもそんなに大変だと感じなくなってきた。患者も心配していたほど防護服に抵抗を感じていないようで、ほっとした。

　集中医療室に入ってくるコロナ患者のほとんどは入室と同時に人工呼吸器による治療を開始する。呼吸器の使用中は患者の苦痛を減らすため鎮静剤を投与するのだが、それによって患者の意識はなくなり、自分では何もできない、全面的に医療者に身を任せるしかない状態となる。意思表示のできない患者に何か問題があるときは、患者に装着されている各種モニターや機器の数値が教えてくれる。その数値をもとに呼吸が苦しいのか、あるいは鎮静剤の効きが悪いのかなどを把握して対処するのだ。だから集中医療室では人の声よりも機器のアラーム音に、より敏感になる。いくら耳をそばだてていても、私たちの前に立ちはだかっている遮断壁と耳をふさいでいる防護服のせいでアラーム音は聞こえにくい。仕事中、小さなアラーム音がかすかに聞こえてくると看護師たちは手を止めて静かにし、改めて耳に神経を集中させて音の出どころを探し出す。何のアラーム音もしていない集中医療室は、そこにいる患者たちがストレスのない安楽な状態であることを意味する。病気に対する治療の結果はすぐ目に見えて現れるわけではない。だが、一日に何度も体の向きを変え、体をきれいに拭き、栄養分や点滴の投与を管理し、排泄物の処理をするといった私たちのケアによって、患者が余計なストレスを受けず少しでも長く安楽な状態を保つことができるのだと思うと、何にも勝るやりがいを感じる。

　コロナ患者には見舞客がいない。感染リスクがあるため院内

のコロナ患者は全員、個室に隔離されているか集団隔離されており、家族は自身の感染の有無にかかわらず患者との面会が禁じられている。家族は、1日1回あるいは急変時の主治医からの電話を通してしか患者の状態を知ることができない。患者がそれほど重症でなく自由に体を動かせる場合は本人が電話で話すことで家族の心配を和らげることもできる。だが集中医療室の患者のほとんどは電話で話せる状態ではなく、それが可能なのは病状が深刻でないときに限られる。状態の悪化で呼吸が荒くなり苦しそうな患者に家族と話す機会が与えられるかどうかは、患者本人の努力と医療スタッフの判断による。まだ最後ではないだろうと判断していたのに、結果的にはそれが最後の機会だったとわかったときの感情はなんとも表現しがたい。もしあのとき患者が力を振り絞っていなかったら、もし医療者が体への負担を考えて電話を勧めていなかったら家族と話す最後の機会を逃していたのだと思うと、それを避けられたことに安堵しさまざまな可能性について考えられるようにもなった。

　患者に会いたくても会えない家族や、病床にあっても家族に見守ってもらえない患者たちが、本当に気の毒で心が痛んだ。病院は生と死が隣り合わせの場所だ。重症の状態で入院しても治療を受けて無事に退院する人はその後、家族と会って入院中のことを話したりもできるだろうが、そうすることのできない人たちもたくさんいる。病院で何年か働く中で人生の最期を迎える人を数多く見てきたが、コロナ患者の場合、看護師としてできることが限られていて無力感にさいなまれる。入院と同時に家族から引き離されて会うこともできず、最期になって窓ガラス越しに対面する。それすらも家族が自己隔離中である場合は許されない。そんな状況で自分には患者や家族を慰めるすべもないという現実にただ暗澹とした気持ちになった。臨終の間

際に集中医療室を訪れ窓ガラス越しに患者の姿を見て嗚咽する
ご家族の様子には私も泣いた。慰める言葉もなかった。家族の
手のぬくもりすら感じられないまま旅立たねばならないという
現実が悲しかった。そのご家族は臨終に立ち会ったあと、「痛く
ないようにそっと運んであげてください」と言い残して病院を
あとにした。こんな状況での旅立ちだがあの世までの旅路が寂
しくないように、安らかであるようにと願いつつ、患者の体に
つけられていた装置類を丁寧に外した。私にできることはそれ
しかないが、せめてそんな形ででも見送りができることに感謝
した。

　約2カ月のあいだに徐々に自力で呼吸できるようになり意識
も戻って回復期に差し掛かった患者もいる。人工呼吸器の使用
が短期間だった場合、自力で呼吸できるようになって鼻や口か
ら気管内に挿入されていたチューブも抜ければ、再び言葉を発
することができるようになる。だが長く呼吸器を使っていた場
合、気管を切開してチューブを挿入しているケースもあり、そ
の場合は呼吸器から離脱しても声を出すことができない。患者
は言いたいことがあっても声が出ないので口の形や目の動き、
手や腕のジェスチャー、あるいは力の入らない手で書いた文字
などでなんとか伝えようとし、こちらはなんとか言い当てよう
とする。すぐに言い当てられたらよいが、現実にはなかなかそ
うはいかない。言いたいことが伝わらないといらいらしたり腹
を立てたりする患者も、きちんと伝わるとうれしそうにする。
そんなとき私たちは難しい試験で満点を取ったような喜びを感
じた。

　何人もの患者が集中医療室に入ってきて、出ていった。新型
コロナウイルスの流行という特殊な状況下にあるため、治療の
甲斐なく悪い結果に終わったとき私はいつにも増して気力を失

い気持ちも落ち込んだ。逆に、回復して集中医療室から出ていくときは誰よりも喜んだ。今もまだ患者はいるし、この状況がいつ終わるのかわからないが、昨日より今日、今日より明日と少しずつよくなっていくことを願う。

　時が流れいつか昔を思い返したとき、2020年の春は不安と恐怖に包まれ、花が咲いて散ったことにも気付かないほどの日々だったと記憶に残っていることだろう。でもみんなで踏ん張り耐え抜いたおかげで希望と安堵感に満ちた平凡な日常を取り戻すことができたのだと話す我々の姿が、そこにあるだろう。

闇が深まるほど、星はより輝く

キム・ミレ

漆谷慶北大病院看護師

1月25日（土）：静かで暗い影

昨年12月末から娘たちが台湾とフィリピンを訪れていたところ、フィリピンで火山爆発が起こりマニラ空港が閉鎖されてしまった。無事帰国できたのだが、娘たちの帰りをじりじりとしながら待っていたその時期に、中国の武漢で新型コロナウイルスの感染者が続けて出ているという報道がされていた。

2020年庚子年、陰暦の新年が明けた。正月を祝うためにやって来た家族と楽しく過ごしていた時に、韓国国内で初めて新型コロナウイルスの感染が認められた中国人女性に続いて韓国人で初めてとなる陽性患者が発生したという報道があった。子供たちにマスクを準備してやり、各自で衛生管理について気をつけるように言った。それまで自分たちとは関係のない隣の国の話だと思っていたが、暗い影が、徐々に私たちの隣に迫って来ていた。

2月10日（月）：映画「パラサイト　半地下の家族」アカデミー賞四冠

午前中ずっと、ポン・ジュノ監督の「パラサイト　半地下の家族」がアカデミー四冠を達成した授賞式の中継を見ていた。韓国の国民であることが誇らしかった。チャパグリ〔韓国のインスタント麺、チャパゲティとノグリをあわせて作る麺。劇中に登場する〕

を食べ、登場人物が口ずさむ「ジェシカ・ジングル」を歌いなが
ら、パラサイトシンドロームに浸っていた。そして、残り5カ
月を切った退職前の功労休暇(サバティカル)を過ごすため、はず
んだ気持ちで大小さまざまなイベントを計画し、旅行先を調べ
ていた。

　韓国の新型コロナウイルス患者は27名だと伝える保健福祉
部の中央事故収拾本部(中事本)の定例ブリーフィングを見た。
大部分が海外への渡航歴のある人たちだという。息子と旅行に
ついて調べるのをやめた。助けることはできなくても、他人に
迷惑をかけないように、注意に注意を重ねなければならない。
ソウルにいる子供たちにメッセージを送った。ソウルは超密接
地域なのだから、手洗い、マスクの使用を徹底するようにと。

　一方で、こちらは汚染されていない地域だから心配しないよ
うにとも伝えた。大邱は汚染されていないのだからと安心して
いた。

2月18日(火):大邱で確認された「31番目の陽性患者」

　冬の寒さが徐々にやわらぎ、積もっていた雪も溶けて水にな
りはじめる二十四節気の雨水も間近だが、昨日は雪が降りしき
り、今日は氷点下の冷たく厳しい風が吹いている。

　午前10時、疾病管理本部は31番目の新型コロナウイルス患
者である60代女性について発表した。大邱医療院に隔離入院
中である彼女の移動経路についても発表された。新天地教会の
信者多数が接触者にあたるため、彼らに対する全数調査を行う
とのことだ。突然恐怖が沸きあがってくる。

　陽性患者の移動経路が発表されるやあちらこちらで、関係者
の安否からデマまで、さまざまな内容のメッセージが行き交っ
ている。また、免疫力を上げる方法は防疫の基本はこうだ、な

ど、多くのメッセージが飛び交った。保健所に勤務している後輩や大邱医療院の応急室に勤務している同期、それから、医療従事者に疲れは出ていないだろうかと心配になった。夕方、大邱医療院にいる同期から連絡が来た。大邱市からの連絡を受けて2つの病棟を空け、陽性患者33名を1病室1人ずつ入院させる予定だという。互いの安全を気遣いながら不安な夜を過ごさなければならかった。

2月22日（土）：大邱の緊急事態

21日、大邱市看護師会から退職者と現場から離れている看護師を対象にボランティアの要請メッセージが届く。陽性患者は84名だが、検査待ちや検査結果待ちの人の数から推測して更に陽性患者が急増するだろうと発表された。志願者はたくさんいるだろうと思ったが、まだ深刻さを感じられないのか、3、4名しか志願者がいないという。人手不足に備えて段階的に人材を動員する準備が必要なことはよくわかっていたので、志願者が多ければ後から志願するつもりだった。思ったよりも志願者が少ないことに焦りを感じ、気持ちは乱れた。

私の小さな力でも役に立つならばどんなにいいだろう！ まず私が申し込み、周りの人びとに一緒に参加しようとメッセージを送った。

「こんな時こそナイチンゲール精神を発揮する時ではないかと思われます。誰でもこの状況は恐ろしいものです。けれど、私たちは使命を負った医療従事者であり、固い意志と原則を遵守すれば無事にその使命を果たすことができるでしょう。たくさんの参加をお願いいたします。私はすでに志願し、まもなく動員されるようです」

一方では恐怖と不安でいっぱいだった。駆け足で働いて来た35年後に与えられた、7カ月の功労休暇は幸せな時間だった。この幸せな時間がいきなり止まってしまったかのようだった。

　今日で大邱の陽性患者は累計154名になった。大邱市はパニック状態に陥った。

　大邱市は大邱医療院の病床を調整し、大邱東山病院にコロナ患者用の病床も確保された。

　大邱東山病院は城西地区に新病院を開院して移転した後、病床数を縮小して運営していたので、使われずに放置されていたベッドを有効活用できた。最初、患者は全員陰圧病床のある病院に入院していたのだが患者数が急増し、患者を分類した後に集団隔離するという中央対策本部の発表があった。入院患者の95%以上が新天地教会の信徒であるという事態を受けて、市民は新天地教会に対して伝染病予防及び管理に関する緊急行政命令措置を要求し始めた。

　大邱市民は自発的に自宅待機を始めるようになった。慶北大学病院で、陽性患者と接触した感染内科医と88名の医療従事者たちが自宅隔離中であるという。大邱市医師会は各種医療用品の不足を訴え、まず自費で医療用品を買ってから医療ボランティアに参加したという切羽詰まった状況を伝える報道もあった。

　待機しながらも、現場で死闘を繰り広げている後輩たちを思うともどかしく、一方ではまた恐ろしくもあった。暇さえあれば、新型コロナウイルスの状況がリアルタイムでわかるアプリを見ていた。

　緊張と不安を解消するため、趣味の刺繍をしたり、絵を描いてみたりしたが、あまり役には立たなかった。夕方、義理の妹から「子供の結婚式を取りやめる」という電話がかかって来た。

祝福されて結婚式を挙げるべき新郎新婦のことを思うと気の毒だし残念だ。彼らの気持ちはいかばかりだろうか。

2月27日（木）：ボランティアの事前教育

　テレビでは新型ウイルスに必要な医療用品と医療従事者が不足しているという報道ばかりだ。しかし、ボランティア参加を申し込んだ後も、保健福祉部に何度か電話したが、その度にもう少し待ってくれと言うだけだった。そうこうしているうちに、東山病院でボランティア活動をすることになるだろうという連絡を受けた。

　あらゆる医療用品が足りないので、防護服の中に着る服も簡単なものを準備してくるようにと言う。これはいったいどういう状況なの？　これは本当のこと？　中に着る特殊ガウン（手術着）が足りないのなら各病院にある少し痛んだものを回収して供給すれば良さそうなものだけれど……。緊迫した状況とあって調整が難しいのだろう。

　この日の遅い時間に、勤労福祉公団大邱病院でボランティアにあたることになるだろうと通告を受けた。すぐにその病院に向かう。完全に封鎖された場所で寝起きするのでないなら、ボランティア活動期間は夫にはソウルに出張してもらい、私は自宅で一人過ごそうと思った。病院まで送ってくれた夫の顔は心配半分、不安が半分と言ったところだった。妻を軍に入隊させるような気分だといい、無理に笑う。実際には夫が先に志願の話を切り出したのだが、私の後姿を見た夫の気持ちは複雑だったことだろう。

　病院の入り口で名簿を確認してから、熱を測る。病院のロビーには10名の他地域からの看護師と、民間病院の看護師が

集まっていた。

　新型コロナウイルスに対する注意事項と管理に対する基本マニュアルが含まれた基本的な説明だけでなく、必要な報告すらない。レベルD防護服、保護メガネ、N95マスクの付け方だけを一度実習し、それに続く医師からの教育などのスケジュールに追われた後、再びロビーに戻って待機した。緊急にコロナ専門病院として指定されたので準備がまだ十分ではないようだった。歴史上はじめての事態に、皆おろおろしながら夢中で働いているようだった。

　このようなときほど、業務指針に従って救急にコントロールタワーを作り、ガイドラインを提示しなければならないのだが、十分とは言えなかった。漆谷慶北大学病院では2015年のMERS流行時に規定とマニュアルを作り、面会方法の改善、緊急対応についてシミュレーションを何度も訓練した経験があった。

　病院は多様な職制の人びとが集まって勤務する集団だ。病院の認証評価や、緊急事態発生時に看護部門がこのすべてを引き受けていた。教育を終えて出てきたときに、ある新聞記者からインタビューを受けた。これから始まるのだなという気持ちになり、急に怖くなった。今のところは健康だが、もし私がコロナにかかったりしたら、年甲斐もなくボランティアなんかに参加したばかりに周りの人びとに迷惑をかけてしまうことになると思うと心配になった。

　「大丈夫。私ならできる」「ベテラン看護師として後輩たちの手本になろう。基本に忠実に、ベストを尽くそう」「辛いこの時期にこそナイチンゲールの精神でやり遂げなければならないことなのだ」そう自分に誓った。

2月29日（土）：勤務初日

　朝早く、前日の新聞に掲載された私のインタビュー記事を見た同僚の看護師たちから届いた応援メッセージは、私を一層心強くしてくれた。久々に臨床の現場に立つという期待感に胸は高鳴った。きちんとした教育を受けることなく働き始めてみると、とても不安になる。早めに病院に向かう。病院の建物の外にはコンテナが立ち並んでいた。どこがどこなのか見分けがつかない。早朝6時。冷気であごが震えるほど寒かった。ヒーターのない更衣室のコンテナにいると体の芯まで冷え切った。

　更衣室には新品の手術着がサイズごとにきちんと用意されていた。

　手術着と医療従事者の保護装備に余裕はなかったが、2、3日程度のストックはあった。日勤は7時、準夜勤は15時、深夜勤は23時に交代し、チームごとに二組に分かれて2時間交代で勤務した。勤務ではない時には休憩室で待機していた。

　初日、この病院の看護師と、ボランティア看護師2、3名と看護助手がチームになって勤務を始めた。

　防護服の着方は動画を見て繰り返し練習したが、防護服を着た瞬間、胸が苦しく、顔全体を押さえつけられるような苦痛を感じた。及び腰になってのろのろと歩き回る様子は月に着陸した宇宙人が無重力状態で歩いているようだった。

　出入口が分けられ、病院内部全体の汚染を最小限にとどめるために厚いビニールで什器を覆って遮断していた。使うエレベーターも陽性患者と医療従事者は別に指定されていた。

　この病院の200床に、軽症な集団隔離患者が入院することになるという。自宅待機中の患者たちが管轄の保健所から連絡を受け、入院する。

　気まずそうにしている人、不満そうな顔をしてぶつぶつと不

平を言う人、申し訳なさや罪悪感で目が真っ赤になっている人、何かに追われているようにやきもきとしている人——さまざまな表情を浮かべた人々が、割り当てられた病室に続々と入っていった。

病室での生活に関する案内後に患者衣へ着替えてもらい、バイタルチェックを行う。無症状患者と軽症患者、高熱や下痢の症状がある患者、肺炎症状のある患者、自宅待機中に症状があっても入院ができず苦しんでいた患者もいた。9割以上が若い患者だ。社会的に話題になった集団感染とあって、皆暗い表情で不安そうに自分のベッドで身じろぎもせずじっとしている。

患者たちと職員の食事は同じものだった。使い捨て容器に入った弁当で、おかずは7種類。保温弁当だったので温かいご飯と汁物を食べることができた。患者たちは外部と断絶されている状況なので、おやつと果物が加えられた。

3月2日（月）：時間が経っても慣れない保護装備

夫が新聞に「功労休暇中の59歳の看護師も、大邱の呼びかけに応じて駆けつけた」という私の記事が一面を飾ったと連絡してきた。子供たちや病院の同僚たちからの応援メッセージにも心が温かくなった。

一晩中、保護服を着てあちこち動き回る夢を見た。寝たような、寝なかったような……。

新型コロナウイルスに関する管理方針とマニュアルがない状態で、医療従事者の感染を予防するため、患者との最小限の接触を原則とする消極的ケアを行うようにシステムが整えられた。ベッドごとにスクリーンを張り患者間の接触をできるだけ少なくした。患者たちはマスクを着け、検査とバイタルチェッ

クの時だけ廊下への出入りを許可される。無症状患者も2週間の隔離後、検査で陰性判定を受けなければ隔離解除されない。外部からの物品の持ち込みも制限された。

　患者衣、布団、シーツなどを含む全ての物品は原則廃棄されるので、入院時に持ち込むものは最小限にとどめる。そのためカミソリ、シャンプー、生理用品、ティッシュ、下着、ハンドソープ、除菌シート、歯磨き粉、歯ブラシ、基礎化粧品に至るまで提供するナースステーションは、小さなスーパーマーケットだった。マスクは1日1枚提供された。

　私たちは最前線に出て、白い鎧で武装してコロナウイルスという敵軍と向かい合う。患者たちは白い鎧ではなく、天使の白い羽だと思ってくれたはずだと信じている。病室は荒涼とした無人島で、そこに閉じ込められた私たちは生存に最低限必要な食糧だけを空中から受け取るような気分になる。バイタルチェックをする時に廊下に出て来た患者たちは、入院時と違ってにぎやかに、旅行や合宿にでも来たような表情になっている。

　バイタルチェックと胸部レントゲン撮影など診断、検査等を行う時には多くの患者と対面することになる。息の詰まるような病室での生活を慰めるため話をしてみると、「普段は朝ごはんを食べないのにここでは規則正しい生活をするようになった」と笑う患者、「ごはんはおいしいし、病院の環境もいい。それでも1日も早くここを出たい」という患者。みな私の子供たちの年頃だ。彼らはこのもどかしい現実をどれくらい耐えることができるだろうか。彼らに心理的、精神的な面まで含めた看護をできないことがとても悲しかった。

　休憩室では「宿泊施設では寝る前にビールを飲まなければ眠

れない」という看護師がいれば、コロナの現場に行くと家族に告げると幼い子供が「お母さん、死にに行くの?」と言ったと話して無理に笑う人、母親が送ってくれた大きな果物かごに元気づけられて一日を乗り切っているという看護師もいる。

　一日の勤務を終えて、保護メガネとマスクのせいでヒリヒリと痛む顔にシートパックをしていると、大邱医療院に勤める同僚から胸の痛むメッセージが届いた。準夜勤中に選別診療所を通して来たホームレスの患者が、心肺蘇生を40分受けた末に亡くなったという。蘇生に全力を尽くした医療チームは、警察への通報後、ウイルス検査の結果が出るまで全員が隔離されたそうだ。すぐ明日の朝も勤務しなければならない状況なのに、どうすることもできない。コロナ検査は遅れ、警察から検死にも来ないという。医療従事者が足りていないというのにこんなことで煩わされるのはやりきれないという。

　陽性患者が一日500名を超え、あちこちからたいへんだという携帯のメッセージが入って来る。

3月3日(火):がらんとした東大邱駅

　今日は非番だ。それぞれの現場勤務にあたっている人たちのインターネット掲示板が白熱している。無防備な状況の一次接触地域である保健所、救急センターなどに勤めている看護師たちは苦しい心情について話す。一般患者と陽性患者の防疫と搬送で東奔西走しているのに、暴走する市民たちの問い合わせの電話対応に少しでも遅れると、不平や嫌味を言う人が多いそうで、業務に支障をきたすこともままあるというのだ。症状があれば選別検査所と相談電話窓口を通じて検査を受けるように案内すると、「今すぐ病院に行くから検査しろ」「しんどいのにどこに行けというのか」……。緊急事態なので理解してほしいと

言っても聞く耳を持たずで、言いたいことを言ったかと思うといきなりひどくののしるのだそうだ。倍以上に増えた業務によって体も心も満身創痍になり、一日中あちこち走り回っているとこぼす。

　私は子供の頃墨湖町(現在の江原道東海市)で育った。1969年の夏休み、コレラの流行によって学校の隔離室に集団隔離され、新学期も延期されたことを憶えている。すべての住民が町役場の前に並んでコレラ予防の注射を受けた。

　午後、テレビでは大邱市の定例ブリーフィングがあった。6カ所の生活治療センターを確保し、3,000床を目標に推進しているという。少しは道が開けそうだ。

　ボランティアを始めた時点では、夫はソウルに出張し、私は自宅から通いながら飼い犬の世話をしていた。大邱で仕事を済ませた夫が、再びソウルへ戻る際に撮ったという東大邱駅の様子を写真で送ってくれた。

　涙が出た。閑散としているというほかない。コロナというもの凄い威力の竜巻が通り過ぎて行ったかのようだ。

　午後、セウォル号沈没事故の遺族と学生たちのカウンセリングを担当していたチョン教授が〈感染病診療に携わる医療陣のための心の健康についての指針〉という資料を送ってくれた。感謝の言葉を伝え、十分な休息と、基礎体力を補うために各種栄養剤を飲んで明日に備える。

3月4日(水):闇が深いほど星は明るく輝く
　一日休んで出勤してみると、青空と雲を背に新しい建物が目に飛び込んできた。

　部署長に直接意見を出した内容が反映され、状況室〔情報収

集、管理、伝達、緊急時の初動措置および指揮を司る場〕用のコンテナが整えられたのだ。

　勤労福祉公団大邱病院も新型コロナウイルス専門病院に指定され、48時間以内に諸般のシステムを構築するために、全ての職員たちが休日返上で渾身の努力をしている。しかし施設は整ったが、それでも不十分な点もたくさんあるので、困難は続くだろうと思われる。看護師の先輩として、若い看護師には母親のような気持ちで接し、現在の困難な状況や不平に耳を傾け、またお互いに意見を共有したりもした。また、国民の皆さんには、心が折れそうになりながらもギリギリのところで闘っている医療従事者に対する支持と声援をマスコミを通じてお願いし続けた。

　若い後輩の看護師たちは弱音を吐くこともなくに互いに励まし合って働いている。2月28日頃の入院当初から肺炎の症状を訴えていた患者2名に酸素と点滴療法を行っていたが、集中的なケアを必要とするため大学病院へと転院して行った。空いたベッドには待機中の患者がすぐに入った。

　95％以上の患者が特定の集団によって感染した状況のため、患者のそばに少しでも寄り添えれば良かったのだが、どちらも互いに壁を作って警戒している。うつ度が高いと思われる場合は、患者たちの心の変化について適切に判断し、話を聞いて共感しなければならない。ところが、患者自身も自分の気持ちにふたをし、看護師もできるだけ接触を少なくしようとして積極的な対応をしなくなる。

　同じ年頃の若い患者たちが入院している病室がある。若さにあふれ、美しい花のような年頃だというのに、誰かが自分を見ていのではないかと目をぎょろつかせて警戒し、おびえていた姿は消え去り、互いに肩を寄せ合って笑い、病院生活に慣れよ

うとしているようだ。

　レベルDセットを着るのにも20分ほどかかるのだが、メガネをかけている私にとってはとりわけ保護メガネが鬱陶しい。耳のあたりが炎症を起こしているかのように痛む。マスクが合わず、頭がずきずきし始めた。しかしこのつらさもしばしのこと、患者たちに会い、昨夜の様子を聞いたり、管理についての教育も行い、病棟生活のことを話したりしているうちに交代時間が近づいてくるのだ。

3月5日（木）：15年ぶりの夜勤

　15年ぶりの夜勤初日だ。看護師は夜勤のつらさから離職する人が多い。

　私もまた20年近く夜勤をしていたので、あまり気は進まなかったが、このような状況にあってはやってやれないことは何もないだろう。今日もメガネがくもるせいで保護メガネの前がよく見えず前がよく見えず、保護メガネとメガネのツルがあたる部分が痛んで耳の中までズキズキする。マスクの中には二酸化炭素が充満し眠気と頭痛に襲われる。

　患者たちが皆消灯した頃、ナースステーションで周辺の静けさをやぶらないように静かにキーボードを叩き、新たな伝達事項とオーダーを整理する。翌朝投薬する薬をまとめ、除菌シートで周りを清める。ナースステーションはガラスのパネルで遮られており、病棟の廊下で大きな声をあげてもほとんど聞こえない。少し開かれた出入口の隙間から、かさかさと防寒具の音をさせながら歩いてくる交代要員たちの足音が聞こえてくる。ある看護師が引き継ぎを終えると急いで飛び出して行った。胃がむかむかして、吐き気がするという。慌てて着替える姿はと

ても気の毒だった。まだ先は長いというのに、どうにか耐え抜くことができればよいのだが。

　レベルDセットを脱ぐコンテナ更衣室も出入口はどちらも開放されている状態だ。コンテナ内には冷たい風が両側から吹きつけ、冷凍室の中に入ったような気になる。真夜中のこの時間には積まれた廃棄物の箱一つ片づけてくれる人はいない。

　汚染された防護服セットが散らかっているこの場所で、あごが震えるほどの寒さに耐えながら着替える。防護服は、着る時よりも脱ぐ時により慎重にやらなければならない。何倍も気をつけ一つひとつ脱いでいく度に、どうか汚染していませんようにと祈るような気持ちになる。

　昨夜は花冷えで、大邱の気温は氷点下まで下がった。

　防護服に着替えるために待合室から着衣室までの100メートルほどを、そして脱ぎ終わった後には脱衣室から待合室までの150メートルの距離を、半袖の手術着しか着ていない状態で全力疾走しなければ耐えられないほど、骨身にしみるような冷たさだった。なぜか悲しい気持ちになった。どうかもうやめてくださいと虚空に向かって叫びたかった。

　濃厚接触者である私たちは隔離されている患者以上に防護服という隔離の中で、病室で、この世の中で歯を食いしばって温かい希望の春を待っている。

3月6日（金）：いつかこの時間をふり返れば

　コンテナの横の桜が満開だ。

　夜間に行った業務は患者との接触を最小限にしているためとても単純で、病室では皆眠りについているため静かだ。これ以上病状が悪化することなく早く完治して日常生活に戻れますように、そして陽性患者がこれ以上出ませんようにと願う……。

私たちが引きずる椅子の音とお互いの息遣いだけが静寂をやぶる。

　息苦しさや寒さと闘いながら2時間ごとにやって来る待機室での短い仮眠は、このすべてのことからほんの少しの間だけ解放される時間だ。

　起こったことを全て憶えていることはできず、患者たちが眠っている間に日記を書こうと思っていたが、制約があって書けないこともある。書いた内容を持ち出す方法もない。

　病棟には医療従事者の私物の持ち込みはできず、携帯電話など考えるにも及ばない。紙を使うと汚染物質として廃棄しなければならない。またこの病院では一般的なインターネットの接続は統制されていて、メールですら送れないようになっている。一歩病棟に入れば外部の世界とはすべて断絶されてしまうのだ。

　今日もいろいろなところから応援物資が届いた。たくさんの応援メッセージが届き、小学生たちは特産品のキジョン餅〔米粉にマッコリを入れて発酵させて蒸した餅〕に応援メッセージを添えて送ってくれた。ありがとう。老兵は死なず！

　母親が看護師だからと言って送ってくれた姉妹からのかわいらしいプレゼント。幼稚園の先生たちの応援メッセージと心のこもった支援の品。その他、各地から送られてくる声援の数々。いつの日かこの時をふり返れば、大韓民国の全国民が心を一つにしてこの時間を耐え抜いたというまた別の歴史として記録されるだろう。

3月7日（土）：国民からの支持と応援を心の糧に

　次女は長い間一緒に暮らしていた飼い犬に会いに、これまでよく大邱に帰ってきていた。大邱との間接的な遮断によって訪問が難しくなり、会社でも大邱を訪れることを制限している。二人の娘は、大邱には行けないけれどお母さんを応援していると言って新聞で紹介された記事の内容を送ってくれた。

　私を気遣う娘たちは、Instagramで母親のことが話題になっているのでかえって心配だと連絡をくれた。もしや悪質なコメントで私が傷ついたりしないか、純粋な気持ちで参加したボランティアなのにそれが間違った形で伝えられてしまわないだろうかと配していた。

　考え方の違いだろうが、自らの危険と命を後回しにするのだから、ボランティアは誰にでもできることではない。もちろん、当初の考えや目的とは異なりマスコミにもしばしば出ることになり、恥ずかしく気も重いが、世界が韓国を見守っている状況にあって医療従事者の実態を伝えなければならないという義務があり、若い看護師たちが窮屈な保護装備のみに頼って、患者に最も近いところで困難な死闘を繰り広げていることを伝えることも私の義務だと思っている。

　ある日刊紙の記事を編集したInstagramの投稿は、リーチ数が5万6千を超え、応援コメントも2万以上ついた。国民からのたくさんの支持と応援コメントがついており、そのメッセージを読んで私まで涙が出た。皆さんが私たち医療従事者のために心を一つにし、たくさんの声援を送ってくれている……本当にありがとうございます。

3月9日（月）：「花が咲くから春が来るのか、春が来るから花が咲くのか」

　昨日は日曜だったので、飼い犬たちとゆっくりドライブに出

かけた。

　窓の向こうに見える琴湖江〔韓国の慶尚北道にある河川〕の土手にはオオイヌノフグリとハコベが青や白い顔をのぞかせ、コロナウイルスのせいで委縮してしまった都市だとは思えないほど春を満喫する市民でいっぱいだった。

　今日は午後から勤務した。無症状患者数名に感染有無の検査を行った。ある患者はなぜ自分はその検査を受けられないのかと訴える。イライラがつのる入院生活にくたびれたのか、憂鬱そうな声だ。看護師は苦しんでいる患者の話をただ聞いてあげることしかできない……。つらい時間をお互いに耐えていきましょう。

　「お疲れさまでした」「お大事に」という退院挨拶をする日がきっと来るだろう。

3月12日（木）：まるで1カ月のように感じられた2週間……。

　入院から2週間が過ぎ、患者の数名は検査を受けて退院できることになった。そこへ昨日入院した70代のおばあさんは小さなことでも看護師の助けが必要である。酸素マスクを着けているので検査をしたりトイレに行くのも大変な状況だ。

　看護師たちがしょっちゅう部屋に来るので「何度も呼んでごめんなさい」「何もわからないから、何度も聞かないとわからないんだよ」と恥ずかしそうにしている。「おばあさん、隔離生活はつらいし、大変でしょうけれど、とにかくよく食べて元気にならないと、ご自宅に帰れないんです。なにか困ったことがあればいつでも呼んでください」と慰める。

　なぜか胸が痛んだ。付き添いもなくひとりでなんでも処理しなければならず、何かにつけて看護師の手を借りなければならないというのは何とも落ち着かず、もどかしいことだろう。今

日も2人の患者が退院していった。患者が退院して空いた部屋のベッドを見ながら、そこにもまた、入院待機中の新たな患者が来るだろうと思った。

昨日11日は131名、今日は73名の陽性患者が出た。今日は多少落ち着いていたが、あとどれほどの道のりを歩かなければならないのだろう。ゴールはどこだろう。すでにこちらでも体系が整い、当初の不安な気持ちはいくらか緩和され、システムに従って動いている。しかし、数日前にオープンした生活治療センターでは臨床経験の少ない人材が派遣されたために混乱が少なくないという。

看護師の人材不足は昨日今日の話ではない。特に訓練された看護師が非常に不足しているのは、賃金格差と働くことのできる環境が整っていないからだろう。マスコミでは、世界的なパンデミック宣言によって全世界でウイルスとの戦争が始まったと報じている。果たして他の国では医療従事者の動員はスムーズにおこなわれているのだろうか。

韓国も派遣医療チームおよびボランティアそれぞれの経歴を把握して適切に配置されるよう、この時点で人材の再配置をする必要があるだろう。治療センターでも無症状または軽症の陽性患者を集団隔離する方式をとるので、マニュアルを備え、きちんとした指揮体系を作らなければならないだろう。

この頃は保護メガネとマスクを着用する際にパッドや絆創膏をあてるとずいぶん楽になることがわかり、利用している。何度も交代しながら働き続ける日々も2週間が過ぎたが、まるで一カ月も経ったかのように思えた。

3月18日（水）：背中に降りそそぐ朝日

一週間の間にさまざまな変化があった。2週間交代で派遣さ

れていたボランティアが各自の勤務先に戻り、新しいボランティアが動員された。私をはじめ、数名の民間ボランティアは派遣期間が4週間なので来週25日で終わる。

数日前に入院した時から高熱と息苦しさを訴えていた71歳のおばあさんは肺炎の症状が進行し、大学病院に転院することになった。荷物をまとめるのを手伝おうとしたが、「一人でできるから」「手伝ってくれなくていい」と症状が進行していることから目を背けるように、実際以上に元気に見せようとする姿には胸を打たれた。ポータブルの酸素マスクを使いながら救急車に乗る瞬間、じっとこちらを見つめて「迷惑ばかりかけてしまって」と言いながら、とても不安そうにしている。

「あちらの病院でも看護師たちがちゃんとしてくれますから」

「あまり心配なさらず、早く治って息子さんの待っているおうちに帰りましょうね」

退院するというのなら気持ちも晴れやかだろうが、怖いほど全身真っ白な防護服に覆われた人々が見送りに出る中で、おばあさんはどんな気持ちだったのだろう。人が嫌う伝染病にかかって入院することになり、世話をする家族もそばにいることができない中で、私たちに対する申し訳なさと、もう一方では転院に対する不安な気持ちを抱え、こちらをじっと見つめて救急車に乗っていった。新たな患者2人は、病室に空きがなく自宅待機中に高熱と全身の痛みと呼吸混乱を伴って不安な日々を送っていたが、入院することが決まって恐怖と安堵の混ざった表情を見せていた。

大部屋でも、各自制限された空間の中で活動しなければならない集団隔離生活はとてもつらく息がつまる日々である。しかし、患者たちは入院することになると、病院は自分を守ってくれるところなのだと信じて我慢し、入院生活を始める。

今日の大邱の新型コロナウイルス陽性患者は46名。前も見えないほど荒れ狂う夕立のようだった日々も少し落ち着き、入院後2週間を過ぎて陰性判定が出た多数の患者は退院することになった。

　慶山市にある生活治療センターはオープンを取り消し、ボランティアを志望していた人たちも待機を解除された。平常時に戻るのにはまだ少し時間がかかりそうだが、日常生活に戻る前に今回の事態から得た教訓は何かを考えた。恐怖と暗黒のような時間。どんなに恐ろしく、また不十分なことがあってもお互いに補い合い、理解し合いながら、私たちは暗黙のうちに規則を維持し続けたことではないか。

　コンテナ生活にも少しずつ慣れて来た。まだ朝晩はだだっ広い更衣室を行ったり来たりする時には寒さと闘っている。宿泊施設が多くないので、モーテルのようなところを自宅のようにして暮らしている看護師たち、また大邱病院のリハビリ治療の先生たちも、病院の入り口の統制のために昼夜防寒着を着たまま交代で勤務をしている。苦しい状況を分かち合うように知らない人にもたがいに挨拶し、目で励まし合っている。

　私は普段きちんとした格好をしていないと人前に出ない。今は顔は押さえつけられて、頭もぼさぼさだが、それが誇らしい。防護服が変わり、手袋の色が変わってもそれが新しいファッションのようにスタイルについて話している。

　一晩中、息苦しかった防護服を脱いで、今日も自己暗示にかけるように誓う。「使命を果たそう」。朝の光が背中に降りそそいでいる。

3月19日（木）：胸を張って、力強く！

　休憩室は今日も変わらず全国から送られてくる応援メッセージとプレゼントであふれ、新鮮な空気を吸うことができるようにと配慮された抗菌空気清浄機が備え付けられた。

　素晴らしい後輩看護師たちとくつろぐことのできる休憩時間。少しでも仮眠を取ればいいのに、母親ほどの歳の大先輩が自分たちと一緒に同じ業務をこなしていることを誇りに思ってくれている。看護のあり方、真の看護について話し合い、この時間を切り抜けられることを誓いあう。

　昨夜も冷たい風と闘いながら更衣室を行き来した。防護服を着てよたよたと不自由そうに歩く姿はまるで宇宙人のようだ。街灯はコンテナをまるで宇宙基地のある村落かのように明るく照らし、病院内部の蛍光灯は24時間コロナウイルスと死闘を繰り広げる患者と看護師たちを照らしている。最初は特定集団の患者が大半だったが、今は一般の陽性患者と小さな集団で発生した患者たちも入院している。

　ホットラインの指示であっても、状況の変化に対応できていないケースも発生した。一人が感染したことで他の家族も感染した。34歳の母親が先に入院し、後から幼い息子が陽性判定を受けたが、一緒に入院することができなかった。行政の手続きを待っている母親のことを思うと気の毒で胸が痛い。また置かれた状況を受け入れることができず、苦しみ、うつ状態のような感情の起伏を訴える患者たちもいる。

　今回のこの事態は誰にでも傷を残す。感染者も、非感染者もすべてコロナウイルスの前では被害者でしかないのだ。

3月21日（土）：祝い膳のない姑の誕生日

　今日は陰暦で数えれば姑の誕生日だ。

結婚以来一度もお祝いを欠かすことはなかったのに、本当に申し訳ないという言葉しかない。80歳過ぎの老人が一人で自宅待機し、息のつまるアパートに閉じ込められ、訪ねてくる人もなくベランダの外ばかりを眺めていることだろう。

　準夜勤を終え、夜遅く電話をすると、寂しさを声に滲ませながら、今まで生きてきてこんなことは初めてだと、不安がっていた。マスクはあるのか、足りない生活用品や食べ物があるかと尋ねると、姑はただ心配するなと言い、「あなたこそ気をつけなさい」「誇らしく思うけれど、心配だから早く終わってくれるといいのに」と言う。普段は優しい言い方をしない姑だが、長男の嫁がとにかく心配なのだろう。

3月25日（水）：春は必ずやってくるのだから、私たちはこの寒い冬を乗り越えられる

　勤労福祉公団大邱病院での4週間の医療ボランティア終了日。徐々に、入院する患者の数より退院する患者の数の方が増えている。昼夜なく鳴り響いていた救急車のサイレンの音が市民たちの心を不安にさせ、外出するのが怖かった2、3週間前とは違い、サイレンの音も次第に静かになっている。

　家族全員が感染したという患者たちも退院し、3週間の入院で検査結果を待っていた患者たちは感謝と応援の手紙を残して退院して行った。老人ホームの集団感染でる罹患した患者は高熱を伴い、酸素飽和度が低下したため酸素を吸入しながら、肺炎の症状によってすべてをあきらめたかのように憂鬱そうにしていたが、入院生活に少し適応し始めていた。

　30代前半のすらりとしてハンサムな男性患者は、普段から扁桃腺炎で苦労することがよくあったそうだ。現実を受け入れ難いのか、つっかかるような口調ではあったが、やまないウイル

スの攻撃によってできた硬貨ほどもある口内炎、39度を行ったり来たりする高熱と闘う姿はとても気の毒だった。感染病でなければ愛する家族がそばで看病してくれるものを……。

　その人は高熱が出る前にはひどい悪寒に苦しんでいた。温かいお湯でも飲ませてあげられればよかったと思うが、提供するための冷温水器や電気ポットも備えられていなかったのだ。このように、些細なことではあるが、患者のために必要なものが提供できなかったのは私たちの準備不足のせいだ。予想されることをもう少し細かに検討して備えておくことができず、申し訳なく思った。ボランティアが終わる今頃になってこのような問題が見えてくるとは、と自分自身を叱咤する。ボランティアの現場では主導的な役割を果たせず、悔いが残る。

　全世界的な感染病との闘いの先頭に立って格闘している後輩たちとともに過ごした時間は、私の人生にとても大きな教訓と贈り物を与えてくれた。死の恐怖の前でも、他の看護師同様、自分一人でも参加してこの苦難を一緒に闘おうとする美しく、愛おしい後輩看護師たち。心の片隅ではすぐにも参加しようと思いつつも、後から参加することになったという私ぐらいの年配の看護師。年を取ってから看護助手の資格を取った母親と一緒に来た新人の看護師は、中国・武漢に留学中の弟のことを考えてボランティアに参加したという。

　当初の業務分担の混乱によってぎくしゃくしたこともあった。いまだ行き届かないことも多くあるが、現在では看護部以外の役員、職員たちは病室内のトイレ掃除とシャワー室の掃除などを定期的に分担して看護師の負担を減らしてくれ、必要な物品と支援物資の管理、防疫担当など、各自に割り当てられた仕事についてはすっかり慣れてスムーズに行ってくれている。

多くの自治体の協力と他地域から来てくれた医療ボランティアによって、大邱には徐々に明るい光が見え始めているが、また別の集団感染が起こるのではないかと、毎朝統計を見ながら安堵と心配を繰り返している。他地域でもこれ以上陽性患者が出ませんように……。

　全世界的なパンデミックにおいて、大邱市民そして韓国の国民は新型コロナウイルスに対する指針を作る重要な役割を先んじて果たしている。当初アメリカと日本の友人から私を心配し、気遣いと応援のメッセージが寄せられていたが、3月2週目が過ぎる頃には私が友人たちにこのような心配と気づかいの言葉を伝えなければならない状況になっている。言葉が通じない遠い国にも韓国が安定すれば助けに行きたい心情だ。

　一次動員された民間医療ボランティアのうち数名は今日で任務を全うし、ボランティア活動を終える。

　残された職員たちはこの状況が落ち着くまで窮屈な環境の中で家族と離れて過ごさなければならない。看護師も人間であり、この状況は恐ろしい。時間が経つほど顔には名誉の傷が残り、敵軍が目の前をうろうろしていても、ひたすらこの時間が過ぎていくことを祈りながら家族を思いつつ、しっかりと持ちこたえている。

　新型コロナウイルスと闘う誇らしい戦士たちは、母親お手製のキムチチゲや味噌チゲを思い出し、おいしいサムギョプサルも食べたい、友達とくだらないことをおしゃべりしながらビールを一杯飲み、春には外に出かけたいと話している。

　彼らの学力レベルと学ぼうとする熱意は、他のどのような職業群よりも高い。論理的思考と判断力にも優れた集団だが、新型コロナウイルスに感染した患者のケアをするその手は一般人が想像もできないほどに多くのことをやり遂げる。

与えられた仕事だけを黙々とこなしていると、理想と現実の
ギャップに悩むことも多々ある。また政治とは無縁なのに、私
たちの意図とは違う方にとらえられることも多い。

　私たちは神が与えた看護の天使たちで、専門職に携わる者
だ。その使命を果たすために今日もウイルスと闘い、一日を送
る。困難な時期には誰よりも先頭に立つ、誇るべきわが国の担
い手なのだ。全国から届いた皆さんからの贈り物によって日々
心にぬくもりを得て、応援のメッセージに力を得ていた。

　勤労福祉公団大邱病院の職員たちと51病棟の仲間、まだ
ベッドで苦しんでいる患者の皆さん、ひとつの歴史を作り、任
務を果たすことができるように配慮してくれた夫と愛する子供
たち、みんな頑張ろう！　私たちならできる！

　季節は春を迎えたが、私たちの心の中はいまも冷たい雪が吹
き荒れている。

　けれど春は必ず来るのだから、私たちはこの寒い冬を耐え抜
くことができる。

集中治療室の春

イ・ヨンフン

慶北大学病院　呼吸器内科助教授、集中治療室担当

　2月に入ってもしばらくは、新型コロナウイルスというのはよその国の話だと思っていた。何の根拠もなく、自分の生まれ育った大邱は災難とは無縁の街だと思っていた。だが、2月中旬に大邱で初めての感染者が出たと報じられると、ほどなくしてコロナの患者たちが慶北大学病院へと搬送され始めた。

　私の担当する内科系の集中治療室はベッド数が9床だが、MERS流行時の経験をもとに、うち3床は陰圧隔離ができるよう整備されていた。新型コロナウイルスは伝染力が強いことから、この集中治療室にいた患者のうち病状が比較的安定している人はできるだけほかの病院に移し、それができない患者は院内のほかの集中治療室に移して、私の担当する集中治療室ではコロナ重症患者だけを受け入れるようにした。

　私は今回、生まれて初めて防護服というものを着用したが、思った以上に大変だった。全身を保護するレベルDの防護服にN95マスク、シューズカバー、ゴーグル、手袋など身につけるものが多いし、防護服姿で陰圧室に入ると暑くて息苦しく、ゴーグルが湿気で曇るとよく見えないので非常に不便だった。陰圧室から出る前に防護服を脱ぐときも、感染防止のため何度も手の消毒をしながら決められた順序で脱がねばならないので面倒だった。普段ならボタンを何度か押すだけで簡単にできる

人工呼吸器の操作も、コロナ重症患者の場合はその前後に防護服の着脱という大きな手間が加わった。

大邱市内で感染者が急増し、それにつれて重症者も増えた。集中治療室内の陰圧隔離用の3床だけでは対応しきれず段階的に全12床にまで増やした。防護服を着て重症患者の治療にあたるのは、普段の2〜3倍も体力が消耗される感じだった。昼夜を問わず患者が搬送されてくるので夜遅くに病院に出向くことも多くなり、その分家族と過ごす時間が減って体力的にも精神的にも大きな負担となった。

医療従事者も大変だが、患者本人やそのご家族の苦しみは言葉では言い尽くせないだろう。新型コロナウイルスの特性上、患者と家族の面会は一切禁止される。いつどうなるかわからない状況でそばにいて見守ることもできないのは本当につらいことだ。意識のある患者は携帯電話で家族と話すこともできたが、人工呼吸器を使っているような重篤なケースでは患者と家族は完全に遮断されているに等しかった。

死亡後の手続きも普段とは異なっていた。患者に挿入されていた点滴のチューブ類は感染リスクをなくすため抜かずにビニールで包み、消毒作業を繰り返しながら遺体を大きな袋で何重かに包んだあと、カプセル型の陰圧ストレッチャーに載せて集中治療室から運び出した。その後すぐ火葬場に運ばれると聞いたが、家族の顔も見られないままこの世を去るという状況は何度見ても胸が痛んだ。

コロナ重症患者が全員、悪い経過をたどるわけではない。比較的若く、慢性疾患のない人の場合、一時は人工呼吸器を使うほど重篤な状態にあっても徐々に回復し、呼吸器が外されたあとは一般病室に移されるというケースもかなりあった。患者は気力を失った状態、医療スタッフは防護服を着た特殊な状態な

ので会話するのも容易ではないが、中には集中治療室から一般病室に移される際「ありがとうございました」と声をかけてくれる患者さんもいた。つらい日々の中でもやりがいを感じられる瞬間だった。

コロナ重症患者の急増で忙しい日々を過ごしながらひと月ほどが経ったころ、コロナの治療のため陰圧の一般病室にいた59歳の患者が、容体の悪化により集中治療室に移されてきた。レントゲン画像では肺炎が進行しており、鼻からチューブで大量の酸素が投与されていた。病棟で作成されたカルテには職業は医師と書いてある。患者の状態を見ると、今すぐ人工呼吸器が必要なほどではなかったので、病棟での治療を続行しながら経過を見ることにした。

その人は病状のわりにつらそうにする様子もなく、意外と落ち着いていた。担当医として、今後、人工呼吸器を使うことになるかもしれないと説明した。患者にとっては不安を覚えて当然の話だと思うが、まったく動揺したそぶりも見せずわかったと言った。あとで第三者を通して知ったことだが、その患者さんは慶北大学医学部と同大学病院内科医局の先輩にあたる方だった。その方からすると私はかなり下の後輩になるわけだが、プレッシャーを与えないようにという配慮からかそのことはおくびにも出されなかった。

患者さんにはがんばりましょう、きっとよくなりますと前向きなことを言ったが、内心少し心配だった。生命維持のための内科的治療をできる限り行いつつ自然に治るまで時間を稼ぐ以外には、新型コロナウイルスへの効果が証明された治療薬がないからだ。

一日、二日と集中治療室にいるあいだに肺炎は徐々に悪化

し、呼吸が速くなってきた。ちょっと話したり食事をしたりするだけで呼吸が速くなり、血液中の酸素の量を示す数値が下がった。血液検査の結果、HbA1c〔糖尿病の血糖コントロールの指標とされる値。正常範囲は4.6～6.2%〕が11%を超えるほど高かったため、血糖コントロールがうまくいっていないようだと伝えると、冗談めかして笑いながら「今回たくさんストレスを受けたからだろう」とおっしゃる。長年、内科医院を運営し数多くの患者の血糖を管理してこられただろうに、肝心の自分の血糖は管理できていなかったというのは皮肉なことだ。人工呼吸器を装着することになった日、我々も最善を尽くすが、場合によっては死に至る可能性もあると説明した。わかった、やってみてダメならしょうがないではないかと、まったく動じず落ち着いた様子を見せていた。人工呼吸器をつけると、患者自身の呼吸を抑える目的で鎮静剤を用いて麻酔の効いた状態にするため、会話はできなくなる。

　人工呼吸器の装着後、経過は徐々に好転するかに見え、約1週間後から少しずつ鎮静剤を減らしてみた。だが、人工呼吸を始めて9日ほど経ったころ、突然、血圧が不安定になって不整脈も起こり、レントゲン上でも肺の状態が再び悪化していた。投与する酸素濃度を最大限に上げても適切な血中酸素量を維持できなくなった。

　これは深夜の出来事で、当直医からの連絡を受けて私も病院に向かい、胸部外科に依頼して体外式膜型人工肺（ECMO、エクモ）による治療を開始した。翌日、患者の経過や突然の心電図の変化などについて循環器内科の医師たちに相談した結果、心筋梗塞の可能性が高いとのことで、応急的に心血管造影を行うことにした。

　集中治療室の一つ下の階にある心血管撮影室まで、陰圧スト

レッチャーに載せた患者と、患者につながれた稼働中のECMOの機械を一度に移動させなければならない。撮影室に行って戻ってくるだけでもリスクが高いため、患者の夫人に電話をした。緊急を要する現在の状況と、急死の可能性も含めた今後の見通しを説明した。心配そうなご家族たちの雰囲気が電話越しに感じられたが、患者ご本人と同じく夫人も不安がったり動揺したりする様子はなかった。むしろ静かな口調で我々をいたわってくださった。これだけ一生懸命、治療しているのだから無事に集中治療室から出られるようになってほしいという思いが、夫人の声を聞いて一層強くなった。

　撮影室まで往復するには複数の人手が必要だった。感染防止のため、あらかじめ決めておいた移動ルートに院内の患者や家族が立ち入らないよう警備員に対応してもらった。ストレッチャーは防護服を着た医療スタッフ4人でゆっくり移動させた。循環器内科医の説明では、心臓の血管が狭くなった部位が何カ所かあり、できる限りステント〔狭くなった血管を拡張する金属性の網状チューブ〕を入れたり、風船を使って血管を拡げるバルーン拡張術を行ったりしたが、血管の状態の悪い部分がかなり多くてすべてに対処することはできなかったとのことだ。

　なんとか心臓血管の施術を終えて再び集中治療室に戻ってきたが、残念なことにその後の経過は思わしくなかった。その後、ECMOを含め集中治療室でできるすべての治療を行ったが、2日ほど経った日の朝、死亡確認をする結果となった。個人的にはこれまで担当したコロナ重症患者の中で精神的にも体力的にも、もっとも大変なケースだったが、結局亡くなってしまい虚脱感や無力感が何日も続いた。

　2020年2月に始まった大邱でのコロナの流行は、その勢いが非常に強かったということもあるが、感染症患者の治療が可能

な医療陣や医療施設の基盤がやや不十分で、急ごしらえの面があったのは否めない。集中治療室での業務は負荷が高く拘束時間も長いため、担当したがる医師が少ないのは今に始まったことではない。病院経営者の立場でも、集中治療室の病床を運営すればするほど赤字が膨らむというのは周知の事実だ。コロナの流行が終息したら、集中治療室の医療を人的にも施設的にも大幅に拡充させ、今後、新種の感染病が侵入してきてもより多くの患者を救えるような基盤を整えねばならない。

4月末現在、新型コロナの新規感染者数も大きく減り、大邱市内の通りも少しずつ活気を取り戻しつつあるように感じる。慶北大学病院に搬送されてくる新規感染者も少なくなっている。だが、今も集中治療室から出られずにいる患者が何人かいる。もっとも長く入室している方は新型コロナ肺炎の合併症で肺線維化の後遺症が残り、長きにわたる闘病生活で気力を失い、意識はあるものの自力で呼吸をするのが難しく人工呼吸器に頼っている。容易ではないだろうが、この方が外の春の雰囲気を味わい、2カ月も会えずにいるご家族とも面会できるようになることを願って、これからも治療に最善を尽くすつもりだ。

そして、まだ気を緩めてはならないが、それぞれが日常に戻る準備もそろそろ始めなければならないだろう。新型コロナとの闘いでこれまで共に奮闘してきた同僚たちには感謝を、今も渾身の力で病魔と闘っている集中治療室の患者さんたちには希望を捧げる。みんな、がんばろう。

最後に、人生の最期の瞬間まで立派でいらっしゃった故ホ・ヨング先輩のご冥福をお祈り申し上げる。

新型コロナウイルス検査室が汚染?

キム・ソンホ

嶺南大学病院院長

　2020年3月19日正午頃、中央防疫対策本部が1枚のファクスを送ってきた。嶺南大学病院検査室は緊急に精度管理をする必要があるから新型コロナウイルス感染症検査を暫定的に中断せよという行政指導命令だ。午後2時には、中央防疫対策本部がマスコミ向けの発表をした。当院に肺炎で入院中に死亡した16歳の高校生の患者の塗抹検査の検体は新型コロナウイルス陰性と判定された、病院検査室がウイルスに汚染されている疑いがあるという内容で、死亡した患者の剖検は必要ないとも付け加えられていた[1]。

　がっくりした。皆が意気消沈した。当院の検査室で行った新型コロナウイルス検査は信用できないから中止しろというのだ。私はそれまでの1カ月間、早朝から深夜まで新型コロナ非常状況室を指揮しつつ、ウイルスと戦争をしてきた。共に戦ってきた仲間たちの士気が心配になった。余計な負担をかけることになって申し訳ないと言う診断検査医学科の科長やチーム長に対して私は、力を落とすな、ずっと働きっぱなしだったから、ちょうど休みが必要だったのだと声をかけた。そしてこのとん

---

1) 中央防疫対策本部は、検体が実際には陰性であるにもかかわらず嶺南大学病院がそう断定できなかったのは、検査室がウイルスに汚染されていたために陽性を疑わせる反応が出たのではないか、あるいは技術的な検査ミスだった可能性もあると発表した。

でもない事態について部署長や臨床科長たちとのSNS会議で説明し、苦しんでいる診断検査チームを激励してくれるよう頼んだ。

　3月13日夕方、発熱を伴う16歳の肺炎患者が救急室に運ばれたが危険な状態だとの報告があった。翌朝、呼吸器内科のC教授が、ECMOが必要だが、この病院にある4台はすべて使用中だからすぐ借りてくれと言ってきた。大邱市内の病院には余裕がなかった。浦項の世明基督病院にECMOがあるという情報を得て、H院長に電話をすると、快く承諾してくれた。総務チームを派遣し、随時、進行状況の報告を受けながら緊急輸送する作戦を実行した。そうしてECMOを使ったのに、病状は改善しなかった。治療チームによれば、新型コロナによる肺炎の可能性が最も高いが細菌性、真菌性の可能性も排除せず治療をした、それでも病状が好転しないという。私はこの若い患者を必ず助けようと、感染内科、呼吸器内科、小児青少年科、救急医学科の教授たちを激励した。しかしサイトカインストームが発生したらしく多臓器不全を起こし、残念なことに3月18日午前、世を去った。

　午前の診療を終えて状況室に戻ると、患者が死亡したという報告と、検査では新型コロナウイルスに感染していた可能性は低いものの、ややあいまいな部分があるので判断を保留し、疾病管理本部に検査資料と検体を送って中央防疫対策本部の判定を待つことにしたという報告を受けた。死亡診断書は死亡原因を新型コロナ肺炎として出したこと、剖検を勧めたものの遺族の一部が反対していることなどについても報告があった。だが死亡診断書の死亡原因は、疾病管理本部の最終陽性判定が出るまでは〈新型コロナ肺炎〉と記入できない。私は、最終判定が出

る前に死亡診断書を発行する必要があるなら、ひとまず〈肺炎〉に直しておくように、そして疾病管理本部の最終判断が出た後に、もし必要なら死亡原因を修正すればいいと言い、遺族にも同様の説明をした。

3月20日午後、中央防疫対策本部から実査チームが来て、当院の検査室に関する精度管理と、汚染されていないかどうか、過去に検査ミスがなかったかなどの調査を行った。3時間以上にも及ぶ調査の間、私は調査団長と別途に会い、こちらが自発的に判定を要請したのもかかわらず、こちらの意見も聞かないで警察の捜査みたいに一方的に発表したことに抗議した。そして強圧的に検査中止命令を下したことにより、これ以後、医療機関が問い合わせを控えたり、学問的議論が委縮したりする可能性があると指摘した。

当院が送った検体結果の確認に数日かかると返事をしておきながら翌日に電撃発表し、剖検も必要ないと断言したことは、その判定の正確性と底意について誤解や憶測を生むかもしれない。綿密に調査したうえで、もし深刻な問題があると判定されれば検査中断を要求すればよいのに、検査を中断させると先にマスコミに公表してしまったら、今までこうした検査を行ってきた数多くの医療機関に対して国民が不信を抱くだけでなく、わが国の医学的検査全体についての信頼性も低下する。また現在のような非常事態で唐突に検査中止を通告されたら診療に支障が生じるなどの問題点を提起した。一方、疾病管理本部長は記者会見において、前日の発表は嶺南大学病院検査室全体の問題ではなく、汚染という言葉は一般人が考えるものとは違う意味の検査室用語だと釈明した。

3月21日午後2時、中央防疫対策本部の最終調査発表があった。一部に一時的な汚染があるものの小さな問題でありすぐに改善できる、これまでの検査に問題はなく、検査室の信頼度は高いという発表だった。これによって検査室の休息は終わった。休みは短かったけれど、私にとっては決して短くない時間だった。多くのマスコミから電話インタビューが申し込まれた。死亡診断書について、憶測による報道もあった。当院は陽性としたが中央防疫対策本部が陰性と判断したという誤報について釈明しろ、悔しい気持ちを語れなどと求められたり、激励の電話やメールなどがあったりして、休む暇がなかった。

　私は、我々は新型コロナウイルス感染症との戦争中だ、余計なことは考えず、心機一転してこの戦いに専念すると宣言した。検査室汚染騒動によって病院と従事者は一喜一憂させられた。そして今もまた、うんざりするような塹壕戦を繰り広げている。そうだ。我々は、とても小さくて顕微鏡でも見えない、単純なくせに極めて賢く、予測できない進化を遂げ、生きている細胞内で増殖するウイルスと戦っている。敵については不明な点があまりにも多い。検査で陽性と陰性が交互に出ることも、何回も陰性だったのに陽性になることもあり、完治したのにまた陽性になったり、臨床症状と画像が一致しなかったり、無症状だったのが急速に進行して死亡したりもするケースもあり、症状は実にさまざまだ。

　今回の騒動で、多くのことを学んだ。医学は大切な生命に関わる科学だ。人間のやることではあるが、ミスが起きないよう最善を尽くすしかないということを実感した。

これもいつかは過ぎ去るのです

イ・ソング

大邱市医師会会長

2020年2月24日の夜12時時過ぎ、私は1人で書斎にいた。いろいろなことを考えて、気持ちがとても落ち込んでいた。暗い窓の外を見ると風が吹き、時折雨が降っていた。

2月18日に国内で31番目、大邱では初めての新型コロナウイルス感染者が確認されて以来、感染者数が急増し、一日に100人以上が陽性と診断された。不安にかられた人たちが選別診療所に殺到し、感染者が救急室に溢れたため、大きな病院の救急室が閉鎖されていた。2015年にMERSが流行した時に定められた感染病管理規則に従って、感染者と接触した医師、看護師など医療従事者が隔離された。MERSの時には大邱で発生した患者は1人だけだったから今回もそれほど心配していなかったのに、その大邱が、新型コロナウイルスに電撃的な奇襲を受けたのだ。

患者を入院させる病床が足りなかったけれど、幸い啓明大学東山病院が新しくできて、大邱東山病院の病室に余裕ができていた[1]。21日には大邱医療院と大邱東山病院が新型コロナ専門の隔離病院に指定され、急増した患者を入院させた。

---

[1]〈東山病院〉と〈大邱東山病院〉はいずれも啓明大学東山医療院傘下の病院で、大邱市内の別々の場所にある。

しかし検査数が急速に増えて選別診療所を増やす必要があったのに、それを担当する医療スタッフがいない。保健福祉部と大邱市は、大邱市医師会から医師を派遣してくれと何度も言ってきた。もどかしかった。親しい医師数人に連絡して一緒に奉仕をしようと誘ったが、それだけではまったく足りない。何か画期的な突破口が必要だった。

　23日日曜日、私は大邱東山病院隔離病棟に、一番初めに入ろうと決心した。大邱市医師会の会長が先頭を切って新型コロナの隔離病棟で働くことで、医師たちの行動を少しでも促したいと思ったのだ。24日には自分の勤務する病院に出勤して10日ほど欠勤するための準備をし、医師会事務所の役職員に私が不在の間にすべきことを指示した。その日の夜は現在の苦境や、迫りくる途方もない事態のことを思い、寝つけなかった。

　真夜中に雨降る窓の外をぼんやり眺めていると、誰も私の気持ちを理解してくれないような気がして、胸が絞めつけられた。ふと、崔致遠の漢詩「秋夜雨中」を思い出した。

　　　秋風唯苦吟
　　　世路少知音
　　　窓外三更雨
　　　燈前万里心

　　　寂しい秋の風に苦しみつつ吟じる
　　　世に私の気持ちを知る人は少ない
　　　窓の外では夜の雨が降るけれど
　　　灯の前で心は万里を駆ける

詩人の気持ちが、千年の時を超えて切々と胸に迫る。しばらくそうして座っていると、ある考えが浮かんだ。

　今、大邱は新型コロナウイルス感染症という大きな火事に見舞われている。火は広がるのに、火を消す医者が足りない。いや、足りないというより、医者たちは、どこで火事が起きててどこが危険なのか、自分が今何をなすべきかを知らないのだ。私は医師会会長として現在の状況をよく知っており、その深刻さもよく把握しているから、まずこの危機的な状況を会員に知らせ、一丸となってこの火事を消そうと言おう。この医療災難をちゃんと知らせさえすれば、少なくとも医者の100人ぐらいは駆けつけてくれるに違いない。安昌浩先生〔1878〜1938。独立運動家〕も、「真理には必ず従う者がおり、正義は必ず成し遂げる日が来る」と言ったではないか。

　5,700人余りの大邱市の医師たちに現状を知らせ、協力を要請するメッセージを送ることにした。考えを整理して書き終えると、夜明けが近づいていた。朝になって身近にいる役員たちと意見を交わし、私が隔離病棟に入る10時頃、メールを送るよう言っておいた。

　雨が降りしきる25日、私は大邱東山病院に出勤し、医師会会長としてではなくボランティアの医師として、他の人たちと同じ日課を始めた。当日の朝、業務についてのオリエンテーションを受け、状況室から電話で病室にいる患者の容体を把握し、処方をした。午後はレベルD防護服を着て3時間ほど隔離病棟に入った。出てくると、電話がいっぱいかかってきていた。どうしたことか、大邱の会員にだけ送ったはずの文章がSNSにアップされて全国に拡散したらしく、マスコミ各社から連絡が来た。

　医師会の事務所に聞いてみると、1日で60人以上の医師がボ

ランティアに参加する意思を表明し、今も続々と連絡が来ているというので、ちょっと安心した。ボランティアに申し込んでくれた人たちを必要な現場に配置する業務を指示して、責任者も任命した。MERSの時にソウルの江南区保健所長だった大学の同期生も来たし、神経外科病院の院長も、自分の病院を閉めて駆けつけてきてくれた。二人に、どこにどういう人材が必要なのか、現場の調査と奉仕をしてくれるよう頼んだ。

　こうして私と医師会の奉仕が始まった。ボランティアに参加した医師は大邱で327人、全国から45人、計372人だが、まったく無報酬で今まで働いている。医師会に登録せず自発的に参加した人の数は把握していない。

　この方々には、ひたすら感謝するばかりだ。患者は増え続け、2月29日には1日に741人が陽性と診断され、約2,000人の患者が入院できずに自宅で隔離していた。その患者たちの健康と心理状態を把握し、重症患者を選別するのが重要な課題になった。この時、約160人もの医師が電話相談のボランティアに参加してくれた。彼らは電話主治医として一人当たり毎日20人程度の患者の相談に応じ、在宅患者の効率的管理に大きく貢献した。突然の災難のような感染病の流行で、各分野でどれほどの苦労があったかについては、到底書き尽くすことはできない。しかし医師と看護師を始めとする医療従事者、保健福祉部と市役所などの公務員、防疫チーム、救急隊、警察など各分野の人たちが励まし合いながら協力して働く様子は、まるで一篇の叙事詩だった。私は大邱東山病院隔離病棟で1週間勤務した後、第1、第2生活治療センターでさらに数日奉仕して復帰した。今は週末や必要な時だけ、奉仕現場に通っている。

　私はこれまで平凡な医者として生きてきたが、大邱の状況があまりにも切迫していたのと、医師会のさまざまな活動が知ら

れたために何度かマスコミに顔を出した。そしてたくさんの人から身に余る激励をいただいた。大邱市医師会にも全国から防護用品や励ましの金品が寄せられて関係者を驚かせた。2日前、大邱での感染確認者がゼロになり、皆で祝って喜んだ。始まりがあれば終わりがあるのだから、この状況にも終わりが来るはずだ。

道端に美しく咲いた桜の花を眺めながら、一刻も早くこの状況が終わることを祈っている。私はいつか2020年の春を、大変だったけれど私の人生で最も熱くなった時期として思い起こすだろう。皆が一番大変だった時、たくさんの人に聞かれた。苦しんでいる人に、どんな言葉をかけたいかと。私はいつもこう答えた。

いつかはこれも過ぎ去るのです、と。

2020年2月25日に大邱市医師会の医師たちへ送ったメッセージ

尊敬する5,700人の医師の皆様

今、大邱は有史以来のとてつもない医療災難に見舞われています。

新型コロナウイルス感染者数が1,000人に近づき、大邱だけでも毎日100人以上の患者が発生しています。

私たちの愛する親、兄弟、子供たちは恐怖に包まれ、経済はまひし、都心はゴーストタウンになりかけています。重症患者を受け入れるはずの救急室が閉鎖され、選別診療所には不安にかられた市民が殺到しています。医療スタッフの数はひどく不足していて迅速な診断ができず、陽性と

診断された患者ですら入院できずに自宅隔離をしている状態です。

　愛する仲間たちよ！
　わが大邱の兄弟姉妹は恐怖と不安でどうしてよいかわからず、じりじりしながらただ医者を見つめるばかりです。
　救急室や保健所、選別診療所では私たちの先輩や後輩が疲労に倒れ、治療過程で患者と接触したために1人2人と隔離されています。患者は溢れているのに、医者はまったく足りません。権泳臻市長は涙を浮かべて医師たちの協力を呼びかけ、国防業務に邁進すべき軍医官や公衆保健医までが、大邱を助けるために駆けつけています。

　尊敬する医師の皆さん！
　私も皆さんも、一般市民と同じように恐怖や不安を感じています。しかし大邱は私たちの愛する親や兄弟や子供が毎日を過ごす、生活の基盤です。
　その大邱が、とてつもない医療災難に見舞われているのです。

　わが大邱の5,700人の医師が、病気との苦しい戦いに最前線の戦士として立ち上がりましょう。私たちすべての命を尊重する先哲ヒポクラテスの後輩また兄弟として私たちを信じ、頼っている、愛すべき市民のために使命を果たしましょう。
　救急室であれ隔離病院であれ、各自の戦線で不退転の勇気を持ち、一人でも多くの命を救うために戦い抜きましょう。

今すぐ選別診療所に、大邱医療院に、隔離病院に、そして救急室に来てください。防疫当局は、より多くの医療従事者を集めようと必死です。

　日課を終えた医師の皆さんも、選別診療所に、隔離病棟に駆けつけてください。やることは山ほどあります。

　今すぐ、私と医師会に志願を表明してください。

　この危機に、報酬も称賛も求めず、血と汗と涙で市民を救いましょう。私たちの大邱を救いましょう。

　愛する仲間たちよ

　困難な時の友が、真の友であり、困難な時の努力が光を放つのです。

　今すぐ申し込んで、駆けつけてください。

　私が先頭に立ちます。

　私が一番先に、最も危険でつらい仕事をします。

　愛する仲間の皆様の熱い声援をお待ちしております。

大邱広域市医師　会長　イ・ソング

いつかは

チョン・ミョンヒ

大邱医療院　小児青少年科長、大邱市医師会　政策理事

　空がどんよりとしている。閑散とした街、青々とした枝の上に白い雪が舞い降りたようだ。いつの間にかヒトツバタゴの花がつぼみをつけていた。滞ることのない自然の時計だ。喜怒哀楽に振り回されながら暮らすうちに、北風が温かな日差しになり、新芽が萌え出で、花が薄ピンクに色づいたことすら、感じる間もなく、すべて過ぎ去ってしまった。この2カ月は、新型コロナウイルスのせいで落ち着かない日々だった。新型コロナウイルスの陽性患者数がぐっと減った現在、本当によかったと思いながら、しばらく目をつぶって記憶をたぐり寄せる。

　2月18日に保健所から移送されてきた患者は尋常ではなかった。選別診療所で検体を採取し、陰圧病棟に送ったという話を聞いた時点ではまだ、陰性だろうと思っていた。しかし、そんな期待は跡形もなく消えた。その患者が清浄地域〔特定の伝染病が発生していない地域〕といわれていた大邱で1人目の新型コロナウイルス陽性患者としてマスコミの注目を浴びることになるとは。陽性患者発生の知らせにドンッ！　という音が聞こえ、頭から血の気が引くようだった。猛ダッシュでもしたような息苦しさを感じていたところに電話が鳴った。清浄地域である大邱にもウイルスが浸透してきたとのことだった。そうこうしているうちに、大邱が新聞に載ってからすでに2回も月が満ち欠

けをしている。

選別診療所

　逆巻く波のように押し寄せた患者を診るために、24時間体制の当番表を組んだ。入院患者の世話もせねばならず、退院の手続きもしなければならない。外来に会議にと心身ともに忙しかった。トイレに行ったり空腹を満たす時間を除き、息つく間もなく仕事に追われる選別診療所。待機患者を手当たり次第に診療せねばならなかった。N95マスクをしてゴーグルをかぶり、全身を覆う宇宙服のような防護服を着て、上靴をふくらはぎまで覆ったところで縛り、手袋を二重にはめながら選別診療所で必死にパソコンのキーボードをたたく。手は汗でふやけ、指がしびれた。ある程度さばけただろうと思っても、窓の外を眺めれば果てしなく続く待機患者の列と向き合わなければならなかった。その景色につい頭がふらつき、感情が奥の方からこみ上げて、思わず涙がこぼれた。これが映画のワンシーンであってくれたら、どんなによかったか。ゾンビ映画を見ているような現実が信じられず、頬をつねったりもした。

　夜もふけて、何か食べなければならない時間になっても、体が固まっていうことを聞かない。頭も割れるように痛くなってきた。少し頭を冷やそうと外に出ると、待ちくたびれた瞳が私の全身を追い回す。吐く息が白く咲く2月。梅の花はかわいらしく木にぶら下がって、庭園の街灯に平和な影を落としていた。その木陰には、心配に満ちた顔が並んで、夜明けにもかかわらず席を埋めている。しかし、それほど多くの人が待っているのに、呼吸する音さえ聞こえない。静物のようにひと言も言葉を交わさず、うつろに座って運命のさいころを振っている。抗えない力に引っぱられてきたように。問診して検査する自分

の番がくるのを待つばかりだ。疲れた素振りも、不平すらもない。

　その姿がふびんに思えて、すぐに診療所の椅子に戻る。時々聞こえてくる救急車の音は全身を緊張させた。新型コロナウイルスの検査結果が出るまでに数日かかっていた時期なので、多くの場合、呼吸が荒かったり、高熱に浮かされたりして救急車で運ばれてきたのに、入院させることもできない。どう対処したものか。息絶えそうなほど急を要する患者のうち数人は、上級総合病院に連絡して受け入れを頼んでみたが、こちらも厳しいという返事が返ってくるばかりだ。患者本人と家族の抗議を受けて、時には薬の処方をし、経過を見ようと言いつつ、もう一度熱を測ったら数字が下がっていることを願った。患者と家族のゆがんだ顔にもう一度目をむける。どうか自分の目の前では事件が起きませんようにと、世界中のあらゆる神に心の中で切に祈りながら両手を合わせた。

　子供の頃によく入院していた子が、いつのまにか成人になっていた。午前0時を過ぎた頃、見覚えのある名前だと思ってカルテを開いてみたら過去の病歴が目に入った。かつて常連の患者だった彼が、10数年の歳月を経て訪ねてきたのだ。急に匂いを感じなくなり、食欲がまったくなく、今にも死にそうだと訴える。厨房で働いているので味と匂いには敏感でなければならないのに、熱も筋肉痛もなく、匂いだけが一切消えてしまった。今晩中に何かが起きそうで不安になり、夜間診療をしている選別診療所を探しまわったそうだ。友達につれられて、とある教会に行き始めて6カ月。慰めになるので、欠かさず礼拝をしていたという。不安なのか、急に嗅覚まひの症状が出て怖くなったのだと涙を見せた。もし自分が陽性患者なら、公務員の父と保育園で働く母、同居している弟まで陽性診断を受けるかもし

れない。そうなったら、どうすればいいのだろうと涙ぐんだ。待機患者が殺到しているので、慰めることもできず、ただ、あまり心配せず、検査の結果を見守ろうと言ってなだめることしかできない。のちに出た結果によると、弟以外は全員陽性だという。その結果を告げられる彼を思うと胸が痛かった。誰の過ちなのだろうか。ウイルスに感染した彼の落ち度だったのか。彼の親の心中もまた、いかほどか。向かいの家のおばあさんが陽性判定を受けて入院待ちをしていた時に亡くなったのだという彼のおびえた顔が頭から離れない。数え切れないほど増える陽性患者。入院待ちをしている彼らは、待っている間どれほどの恐怖に震えているだろうか。「肯定」を意味する「positive」が、ウイルスがある「陽性」という意味だなんて。そんな通知を受けてまともに立っていられる人などいるだろうか。

　事情もさまざまだ。命がけで脱出して中国に渡り、その翌年韓国に来たというある脱北者は、韓国で家庭を築き、生まれてきた子供たちと暮らしていたものの、時々感じる空虚さから町に出かけ、知り合いにつれられて教会で行われる心の修練場を訪れたという。ぐっすり寝入った真夜中に警察が門を叩くので驚いて出てみたら、新型コロナウイルスの検査を受けろと言われて選別診療所に来たという。この世のすべての罪を犯したかのようにうなだれる彼の姿が痛ましい。子供が入学を控えているのに、どうしたらいいのか分からないと。

　検査の結果は、家族全員、陽性だった。目に見えないとても小さいウイルスで、世の中が騒然となった。こんな事件が起きるなんて。考えると腹が立つ。世の中に向かって、やたらに叫びたくなってくる。言われたとおりに、真夜中でも検査を受けに訪ねてくる彼らの無垢な顔がいじらしい。心身ともに疲れ果てている彼ら全員が、命を脅かされることなく、この時を耐え

抜いてくれることを願う。悪い記憶は経験と呼び、良い記憶は思い出というではないか。

「生治セン」- 慶北大学寮

　患者が爆発的に発生したため、入院するにも病室がない。韓国全土でベッドを探しても数千人が自宅待機中で、中には待機中にこの世を去る人もいるという日々が続いた。死亡者が連日、幾何級数的に増え続けると、「生治セン」（音だけ聞けば、ヨーロッパの静かな田舎のリゾート地のようなセン・チ・セン！）──生活治療センターが開設された。農協慶州研修院に開設された生活治療センターへ最初に入所した子供は親と一緒に家族部屋にいたが、高熱と鼻血が治まらず病院に運ばれてきた。入院後の治療で、すぐに熱が下がり回復に向かい始めた。若い母親は、入院できて本当によかったと明るく笑った。病院に入院して喜ぶ姿は普段なら見られないだろう。

　毎日選別診療所に病棟にと駆け回っていると、医師会の役員によるボランティアにも参加できず心苦しかった。ようやく日曜日に、慶北大学の生活治療センターに向かった。大学の予科時代を過ごした場所に40年以上経って戻ってきた。生活治療センター用に快く明け渡した、昔より立派になった寮を見つけ嬉しくなった。思わず吊り橋を渡って建物の方へ向かうと、けたたましくホイッスルが鳴った。しまった！　ここは患者が建物に入る時用の区域だった。警察が慌てふためきながら走ってきた。汚染区域に足を踏み入れたから、早く消毒器に入ってこいと催促する。どうしたものか。もうこれ以降は、何も悪いことが起こらないように祈るしかない。数百人がひしめく寮は、咲き乱れる桜の陰と調和して実に平和な風景を演出していた。

　検査の準備をして、防護服を着用し、仲間たちと建物の中に

入った。2人1組、汚染廃棄物用の容器まで持って周り、一人ず
つ丹念に鼻と口の中に綿棒を入れ、分泌物をたっぷり取る。幼
い顔が細い綿棒で歪む。顔をしかめると正しい結果が出ないか
もしれないよと言うと、子供は無理に明るい表情をつくる。患
者も恥ずかしいかもしれないと思い、マスクで顔を隠したまま
で鼻咽頭と口腔咽頭から分泌物を取り、三重包装の容器に入れ
て検体を送る準備をした。見知った顔もいるが、相手には防護
服の中の顔が分からないので、むしろよかったかもしれない。
久々に防護服がありがたかった。わざと声色を変えて説明す
る。早く家に帰って休みたいという女子学生の青白い顔が、2
回連続の陰性結果でぱっと明るくなることを期待して。

生治セン‐中央教育研修院

堤川で受け入れきれない海外からの帰国者たちを至急検査し
てほしいというSOSが入り、急いで出かけた。景観が素敵な場
所だ。毎朝窓をぱっと開けて運営者の号令に合わせて体操をす
るという入所者たち。全員とても明るい顔をしている。大変な
状況でも、わずか1分だけでも幸せな瞬間があったら、それで
持ちこたえる元気が出ようというものだ。

どこからかイタリアの歌手アメデオ・ミンギの夢幻的な歌声
が私たちを労わるかのように聞こえてくる。

美しい君、ローマよ
君はなぜ今もそれほどに美しいのか
私たちはまた恋に落ちた
黄金に輝き赤く燃え上がる空の中に
僕の君、ローマよ
悲しみに沈んだ教皇たち、立派な教皇たち、天使たち

花を描いた画家たち

　　（略）

　　ローマ、君は

　歌の中のローマを「大邱」に変えて慰めてみる。黙々と耐えて
いれば、いつかは私たちの故郷、ひとつの世界、美しい君とし
て残るだろうから。

メディシティ大邱における新型コロナウイルス対応　最初の7日間の記憶

ミン・ボッキ

オルフォスキン皮膚科院長、大邱市医師会 新型コロナウイルス対策本部長

　2020年2月14日、韓国国内での新型コロナウイルス感染者数はわずか28人、大邱市の感染者はゼロだった。4日にわたって感染者が発見されなかったことから、沈静化の兆しという分析まで出てきた。夕方に大邱市庁の8階にある保健健康課で、大邱市長、保健局長、保健健康課長といった公務員と新型コロナウイルス対策会議を行った。大邱・慶尚北道で感染者は見つかっていないが、中国の状況に鑑みるに、韓国でも早い時期の感染拡大が予測されるため、大邱での集団感染の発生に備えようという会議だった。週末が過ぎた。幸い大邱にはまだ感染者はいなかった。17日の夕方、大邱市医師会の会長と会長団が市の保健健康課を激励訪問した。

　18日は大邱ではじめて新型コロナウイルスの感染者が確認された日だった。同日夜、19日の明け方に10人の感染者が追加で確認され、大邱市長や市庁の職員が徹夜で状況に対処する準備を行った。当時は感染者への対処法が今のようにきちんと整理されていなかったため、患者一人ひとりを陰圧室に入院させなければならなかった。慶北大学病院、啓明大学東山病院長など、すべての医療機関長とSNSのグループトークルームで夜を明かしながら、患者の入院、移送について話し合い、対応にあたった。振り返ってみると、普段から医療団体と機関が行って

いる「メディシティ大邱協議会」を介しての会議、コミュニケーションがなかったら、これほど迅速な対処はできなかったのではないだろうか。

　現在の大邱市の防疫システムは、アメリカを含む先進主要国の新型コロナウイルス対策と同じレベルになっている。この中心に「メディシティ大邱協議会」が存在している。ここには大邱の5つの医療団体（医師会・歯科医師会・韓医師会・薬剤師会・看護師会）と大学、大学病院、大邱市経済副市長などが参与している。協議会は医療と行政が有機的につながって迅速な対応を行うコントロールタワーの役割をしていた。この協議会が適切な調整による思いきった決定を下していなかったら、新型コロナウイルスの大流行はもちろん、一般の重症患者が診療を受けられなくなる救急医療体制の崩壊、医療惨事が起こっていた可能性が高かった。だが大邱の防疫当局が推進したさまざまなコロナ対策に世界が注目し、一部の国家では大邱の防疫システムを新型コロナウイルス対策の手本にしているそうだ。

　大邱市庁の10階に感染対策本部が置かれていた。学会の感染症専門医とともに、大邱市医師会の対策本部議員たちが知恵を出し合いながら事にあたっていた。初期に行われた新天地イエス教会を中心とする封鎖戦略と同時に、入院病床の確保が重要視されていた。病床をあらかじめ確保しておかなければ、感染者が急増したときに一番の問題になると見ていた。はじめての感染者が確認された2日後の20日、まず国軍大邱病院長に連絡し、病床をできるだけ確保してほしいと要請した。当時の国軍大邱病院は24病室しか運営していなかった。そこで国軍大邱病院長に24の陰圧室、64の隔離病室が使えるよう要請して協力を得た。国軍大邱病院は最短の6日で303の陰圧病床を用意し、現在も新型コロナウイルスの診療を行っている。しかし、

もっと多くの病床を大邱市内に確保する必要があった。大邱の公共医療拠点病院である大邱医療院だけでは、とても足りないと思った。だが市内の病院に今すぐ病床を作るのは難しい状況だった。

ところが城西区にある啓明大学の東山病院に未認可病床が129あると聞いた。20日午前、運営母体の啓名大学東山医療院の院長に、未認可病床を活用できるよう助けてほしいと頼んだ。啓明大学の協力を取り付けるや否や、保健福祉部長官〔日本の厚生労働大臣に相当〕に未認可病床の迅速な認可を要請した。地元マスコミのインタビューに応えるなどした結果、未認可病床はすぐに認可され、それから拠点病院を同じ啓名大学の大邱東山病院に転換する必要性を説明した。軍医官、看護将校、公衆保健医といった軍の派遣や、大邱東山病院を感染病の拠点病院に指定する件についてはキム・ブギョム議員が尽力してくれた。早い段階で129の未認可病床を確保したおかげで、新型コロナウイルス感染者専用の病院を用意することができた。次に大邱東山病院に入院中の患者をすべて東山病院に転院させ、大邱東山病院を空の状態にした。当院は初期の248から400まで病床を増やし、現在も新型コロナウイルス感染者の診療にあたっている。

2月23日、対策本部で効率的に感染者を治療するため、軽傷者と重傷者をわけ、軽症患者を別に収容できる施設を用意するべきだという提案を予防医学の教授たちとともにはじめた。メディシティ大邱協議会長、大邱市医師会長、慶北大学病院長といった大邱の医療機関長と会議を重ね、新たな治療センターの概念が導入された。これが3月1日に政府が推進した生活治療センターの背景となった。全世界が注目する新たな検査法「新型コロナウイルスのドライブスルー検査」も、やはり大邱では

じまった。2月21日に漆谷慶北大学病院長とクォン・ギテ教授が提案し、22日の大邱市庁での会議を経て、23日に漆谷慶北大学病院がはじめて実施した。その後、嶺南大学医療院が発展させていった。

医師260人で構成された大邱市医師会の医療奉仕団は感染者の健康状態を確認し、処方する「電話モニタリング」を実施した。これは国内外から称賛されるシステムとなった。同時に新天地イエス教会の信者など、感染検査に消極的だった人々を公衆保健医が直接訪問し、検体を採取する「移動検診」もまた、大邱医療界の積極的な対応がよく見えた一例だろう。

1月に中国の知人から、猛スピードで拡散しているらしいという点、また感染拡大のスピードが速すぎるため感染経路が不明な点、多数の患者が死亡したという点を確認してから、中国との交流が活発な韓国や日本でもあっという間に感染が広がるだろうと予測していた。ほとんどが耳を傾けようとしなかったため、地方紙でも構わないから周知させなければという思いから、1月末に現状を説明、2月3日の新聞でパンデミックの域に達していることや、密接・日常的な接触の基準を明確に細分化する必要性を強調した。主張して20日後の2月23日になってようやく、政府は危機段階を「深刻」へと引き上げた。

初期にクラスターを予測し、段階ごとの戦略が立てられたのは、これまで積み上げてきた経験とノウハウ、ネットワークの存在があったからだろう。軍医官時代の指揮官としての経験が今回は非常に役立った。1998年から感染病の予防事業、研究論文の発表、予防医学、皮膚科教材の執筆、戦時下で多数の死傷者を扱う訓練、重症患者の分類などを前線と後方から指揮してきた経験は、新型コロナウイルス事態に初期の段階で迅速な判

断を下す大きな助けとなった。

　2015年にMERSが流行した際、大邱市医師会の総務理事として総括業務を進めた経験と、感染安心ゾーン委員会の委員長時代のノウハウ、現在勤務している皮膚科病院でJCI（国際医療機能評価機関）の認証を得るために多くを学び、経験したことも、今回の事態に非常に役立った。またメディシティ協議会の医療観光産業委員長として、海外とも緊密なやり取りをしてきたことも、今回の新型コロナウイルスの事態を予測する一助となった。コロナウイルスが拡散した中国の各都市の情報に直接触れることで、韓国における伝播の推移を予想できたのだが、そのことについてドイツの週刊誌シュピーゲルとのインタビューで「すぐに韓国も中国と同じ状況になるだろうから、大邱市長にアドバイスをした。市長も専門家の意見を最大限、政策に反映してくれた」と説明した。

　22日の夕方、大邱市医師会館で開かれた保健福祉部長官との懇談会で、医療機関の閉鎖、医療従事者の自宅待機措置に伴う人出不足の問題を解決してほしいと要求した。大邱市医師会長、慶北医師会長、大邱・慶北病院協会長、慶北大学病院長、中央事故収拾本部の関係機関・支援班長、現場の支援班長などが参席した。大邱・慶北では行政区域上の制限要因のため、選別診療所が不足している地域があり、患者の支援にも困難をきたすため、選別診療所の追加設置を要請した。搬送用の陰圧装備のレンタル、マスクや装備の購入にも苦労しているため、解決してほしいと述べた。また危険を冒して診療にあたっている医師に対する支援や、感染病院に指定された啓明大学大邱東山病院への医療従事者、保護装備の支援を要請した。

　任官式を終えたばかりの国軍看護師が新型コロナウイルスと

の戦場である大邱に配置されるというニュースを見た。青々と芽吹く希望の新芽たちの決意も新たな姿に、我々も勇気百倍だった。20年以上前、軍医官時代に同僚と意気投合し、軍陣医学活動を行っていた頃が思い出された。すぐさま彼らに感謝と激励の手紙を送った。

大邱　A病院「新型コロナウイルス」勃発 3週間の記録

A病院院長

　この文章は、病床数が300床ほどのA病院院長である筆者が、新型コロナウイルス問題の渦中に病院の医師と幹部職員に宛てたSNSグループトークの文章の一部です。コロナ問題がまだ完全に終息していない状態で、いたずらに内容を公開することははばかられるため、匿名で記します。

　2020年2月中旬時点、「武漢肺炎」と呼ばれていた奇病に対する診断キットを所有するのは保健当局だけで、一般の病院には供給すらされていませんでした。2月18日に31人目の陽性患者が確認されると、2月20日には大邱市から肺炎患者の全数調査のために検査キットが送られてきました。病院に入院中の肺炎患者を対象に全数検査を実施すると、A病院から新型コロナの陽性患者が見つかりました。感染経路に関しては、当院に入院していた患者の1人が2月13日に某大学病院へ診療を受けにいった際にうつされたものと推定されるというのが疫学調査官たちの意見でした。当時、患者はもちろん、一部の医師たちまでが新型コロナウイルスにおびえて震えながら理性を失っているという目もくらむような状況でした。

　当該患者を担当していた筆者は一次接触者に分類され、

新型コロナウイルスとの戦争が始まると同時に2月21日から3月6日まで2週間の自主隔離に入ります。ここに掲載する文章は、筆者が隔離中に職員たちに宛てたものであり、当時の心境をそのまま表現するため、口語体を修正せず、原文のまま表記しています[1]。

A病院院長　○○○

2月22日(土)

昨日、熱が38.3度まで上がったことで感染したと確信し、当局の指示で新型コロナウイルスの検査を受け、自宅で自主隔離することになりました。一晩中おびえていたところに、今朝ニュースを見たら他の病院の看護師、公務員、保育園の先生などは身元や処置方法まで詳しく報道されています。陽性判定が出たら医療従事者はすぐに全国ニュースにされます。それなのに、調べてみたら、陰性には知らせが来ないようです。

2月23日(日)

うちの病院の看護師が1人、陽性だそうですね。防疫当局の指示を待ちましょう。陽性の看護師は31病棟の濃厚接触者なので、症状はなかったものの金曜日から自主隔離中だったとか。それなのにキットが足りず、昨日まで検査を受けられなかったそうです。保健所には電話がつながらないので、自主的に31病棟を閉鎖し、32病棟を開けて、防疫することにしました。看護師と接触した人たちは自主隔離をして、当局の指示を待つことにしました。それから、熱がある患者、呼吸器系の症

---

1) 以下、メッセージ内に「武漢肺炎」との表現が見られるが、訳出上も変更せず、原文のまま掲載した。

状がある患者は入り口で受け入れを拒否するしかないですね。

2月24日（月）

「A病院で4名の陽性患者が発生」新聞記事が出る

2月25日（火）

　診療課長、幹部各位、連日お疲れさまです。私は今日付の〇〇新聞の記事への書き込み欄を見てショックを受けました。先週の日曜日、うちの病院の看護師の父上から「感染者が出たのに、なぜ救急室を閉鎖しないのか？　なぜ感染の事実を隠蔽するか」という電話を受けた件とつながります。どこかの病院が閉鎖したという噂（ほとんどは新聞記事にもなっていないもの）が、うちの病院の若い職員やその両親には事実であるかのように思えたようです。実際には消毒のための一時的な閉鎖なのに。今は全国民がどんなかたちであれ、ストレスを受けています。武漢肺炎はいつか終息するでしょう。しかし私は今回の事態によって職員間に不信感が芽生え、地域医療システムが崩壊するのではないかと心配しています。診療課長の皆さんと幹部の皆さんには職員たちの意見をよく聞いて、最悪の事態に備えていただきたい。私が思うに、今は準戦時状態です。自分自身は今、診療現場から離れた状態なのに、少し勝手を言うようですが、患者のために、収益なんかを気にしている場合ではない、深刻な状態だと思っています。患者より職員の健康や安定を最優先して、職員の家族を労わることも非常に大事な時期です。改めて、皆さんご苦労さま。ありがとう。

2月26日（水）

　一晩中、「アンニョン（安寧）」という言葉を実感しています。

昨日検査を受けた職員40名、患者6名のうち、自主隔離中だった職員1名が陽性、隔離中の職員1名と患者2名が精密検査中だと聞きました。どうして先週の金曜日から自主隔離中の職員の検査を今さら行っているのか疑問ですが、現状では、新型コロナがすでに土着化して、検査した検体の10%程度で陽性判定が出ているようです。きっと検査スティックや検査機関の処理能力も限界に達しているでしょう。濃厚接触者、有症状者を優先的に検査しなければなりません。今後は陽性患者の外部流入の遮断は現実的に不可能でしょう。どうすればいいですかね？ひとまず、救急室を含む新患は受け入れ拒否しましょう。もはや自主的な病院閉鎖ということも慎重に検討すべき時期にきているようです。

A病院は保健当局より2月27日から3月14日までの病院閉鎖命令を受ける。

2月27日（木）

疾病管理本部の措置によって、しばらくは合法的に夕立を回避できるようになりました。これからは、誰かを恨むことなく、お互いを励まし合いましょう。武漢肺炎を追い出そうとして、別の病気の患者まで追い出すことになってしまいましたが、もはや私たちが関与するところではありません。疾病管理本部が定めた範囲内の患者の生命と健康を守るために最善を尽くしましょう。

3月7日（土）

私は不本意な2週間の自主隔離を終え、今日から病院に復帰

します。現場復帰に先立ち、まずは献身的に患者を看護するなかで感染してしまった看護師とそのご家族にお詫びしたいと思います。 また、これまで病院をしっかりと守ってくださった診療課長をはじめとする職員の皆さんに感謝します。2週間ぶりにお会いできるというのに、不本意ながらソーシャルディスタンスを実施しなければならないという事実に胸が痛みますし、私を非難されている職員とご家族に対する責任も重く受け止めています。また、拠点病院で死闘を繰り広げている医療従事者、生計が悪化している市民のことを考えると、痛みを分かち合う意味で、病院の資金ではなく、私個人のお金で、わずかばかり義援金を出すことにしました。（大邱社会福祉募金へ1億ウォン寄付した。）

　2週間の隔離期間中に色々考えました。私たち医師の使命とは何か？　それはまさに、患者を救うことであり、その過程では自らの危険もある程度は受け入れなければなりません。コロナによる肺炎が一般の肺炎はもちろん、季節性インフルエンザと比べても、さほど重くないことは、陽性患者が5,000名を越えた時点で明らかになっていますが、政治家や、いわゆるニュースになった医師たちは誰もそんな話をしません。（当時、韓国での死亡率は、0.4％と報告された。）

　私は、ウイルスとの長い戦争が、少なくとも大邱においては始まったばかりだと思っています。私たちは正しい防御で、まずは自分自身を伝染病から守り、コロナの拡散も防ぎながら、私たち本来の使命である患者の治療も手抜かりなく行わなければなりません。今も武漢肺炎よりも危険な疾患で、私たちの助けを必要としている患者が多くいることを直視する必要があります。私たちの助けが必要な患者よりも新型コロナウイルスの

方が気になる、終わりが見えないコロナとの戦いで本人の健康が心配だという方がいらっしゃれば、一時的に休職していただいて構いません。コロナ拡散防止に積極的に参加しながらも、それを恐れることなく、力を合わせて戦い、勝利しましょう。皆さん、ご協力をお願いいたします。

3月14日（土）

　16日間の病院閉鎖が解除され、日曜日、明日の0時から救急室からの入院・手術は正常どおりの稼動となります。あわせて、新型コロナウイルス患者の病院建物内への流入を防ぐため、国が奨励する国民安心病院〔院内感染を防ぐため、呼吸器疾患のある患者をすべての過程において、他の患者と分離して診療する病院〕の指定を受けました。職員のアイディアと努力のおかげで別館1階の駐車場に立派な簡易診療室が完成しました。来院患者のうち、呼吸器疾患のある患者は私が専任することにし、コロナ感染者が本館に流入しないようにするので、皆さんは安心して診療してください。もちろん無症状、非特異的な症状、あとから陽性反応が現れる人、別の疾患で来院した感染者などは選別不可能ですし、夜間・週末は運用不可能なので、またコロナ患者が流入することもあり得ます。だからといって、ただ座り込んでしまうわけにもいかないでしょう。どのみち今の状態が続けば、うちの病院もあと数カ月しか持ちこたえられないと皆さんも感じているはずです。心配は天に任せて、与えられた条件下で各自、最善を尽くしましょう。

　みんなで頑張ろう！

春来不似春（春来れども　春に似ず）

ペク・ボンス

ハンシン病院神経科長

　私は、大邱広域市西区にある300床規模の脳神経リハビリ病院に勤務する神経科医師だ。当院の入院患者には脳卒中や慢性的な神経変性疾患の症状があり、大半は高齢者である。当院の2階は、バンコマイシンやカルバペネムといった強い抗生物質にも耐性をもつ「腸球菌」という薬剤耐性菌に感染した患者を隔離している入院病棟だ。免疫が低下している入院患者に腸球菌は致命傷になりかねない。こうした薬剤耐性菌から入院患者を保護するため、私たちは常に感染管理に神経をとがらせている。

　2019年暮れに新型コロナウイルス感染症が中国・武漢で発生し、韓国でも感染者が確認されて以来、当院でも緊張を緩めず感染防止に力を注いできた。2020年1月からは病院が自主的に消毒の回数を増やし、新型コロナウイルス感染者が発生した場合を想定して具体的な対策を考えていた。

　2020年2月中旬、大邱で新天地信者である31番目の感染者が確認され、何日も経たずに大邱で次々と感染者が発生する様子に「ああ。いやな予感がする」と思っていた。2月末には一日で数百人を超える感染者が発生していたため、日々薄氷の上を歩いているような不安にかられた。当院には多くの入院患者がおり、しかも歩行が不自由な高齢の患者や神経変性疾患による

慢性的な障害を抱える人が多い。そのため病院内で新型コロナ感染者が1人でも発生すれば、免疫が低下している患者は大きな痛手を受けることになる。ときおり病院で臨終を迎える方もいるが、これまで医療従事者も患者も平穏に過ごしてきた。しかし、仮に今日患者が新型コロナウイルスに感染したらどうやって隔離し、どこに患者を紹介すればよいのかという考えが頭から離れなかった。だからといって「今日も無事に」と唱えるばかりではいられないのではないか？

　マスコミを通じて新天地という教団について聞いたことはあったが、自分とは関係ない遠い世界に暮らす集団のすることだと思っていた。しかし、多くの感染者を出した新天地大邱教会の信者名簿を入手した行政当局から、病院従事者に関する通知がきた。当院職員や職員の家族にも新天地の信者がいることを知り、驚いた。我々の近くに何かが潜んでいて、その暗い内実はいつ姿を現すのかと恐怖はますます大きくなった。しかし幸いなことに新天地信者である当院職員のウイルス検査結果は全て陰性と判断され、もう大きな危険はないだろうとほっとした。

　2020年2月末のことだ。入院患者のケアにあたっていた看病人1)2人と看護助務士2)1人が発熱を訴え、新型コロナウイルス検査で陽性判定を受けた。3人は新天地教会とは関係のない職員だった。防疫当局からの通知後、職員全員と入院患者に実施したウイルス検査では全員陰性だった。しかし感染者に直接

---

1) 疾病や看病に関する知識を持ち、患者に各種サービスを提供する専門職。大韓看病師協会が実施する試験を通じて資格を取得する。
2) 法定資格を持ち、医師や看護師の指示に従って患者のケアにあたったり診療業務の補助をする。

接触していることを踏まえて、病院内の2つのフロアにいた患者と職員は2週間のコホート隔離に入ることになった。

私はコホート隔離医として病院に残るべきだと考えていたが、幸いにも保健所から担当医は自宅隔離も可能だと選択肢を提案された。そこで自宅隔離を始めたところ、翌日防疫当局から、防犯カメラを確認したところマスクをつけた状態で病室を回診していたため自宅隔離をしなくてもよいと連絡を受けた。その日すぐに病院に出勤した。

感染者が勤務していた両フロアの患者や看護師、看護助務士は本格的に2週間のコホート隔離に入った。私を含む診療医は、隔離された2つのフロアの患者を直接回診するかわりに電話連絡やコンピュータに入力された看護情報にもとづいて処方をおこなった。感染を避けるためには接触機会を最小限にするしかなかった。急を要するレントゲン検査は、レベルD防護服を着た放射線技師がポータブルX線撮影装置を持ってきて撮影した。隔離中の方々の食事は、共に隔離している看護師がエレベーター前に設置した配膳台から各病室へと配膳してくれた。

この2週間は苦労の連続だった。目に見えないものへの恐怖も押し寄せてきた。そうして忍耐の2週間が経過し、隔離者全員の検査結果は陰性だった。ようやく日常的な病院活動が許されたのだった。

しかし天にも昇るようなうれしさはつかの間だった。肺炎症状で入院中の患者の胸部CT検査で新型コロナウイルスによる肺炎に特徴的なすりガラス影が見つかった。患者をすぐに個室へと移し2週間注意深く観察した。この患者は4回にわたる検査の末に陰性判定が出たので隔離を解除し、私たちもようやく息をつくことができた。「あつものに懲りてなますを吹く」とはこういう状態をいうのだろうか？

ありがたいことに、2週間にわたった第1次コホート隔離期間中に新型コロナウイルスの追加発生はなく隔離が解除された。このような状況では職員各自がより注意を払わざるを得なかった。これまでの日常はもはや日常でなくなり、私たちはずっとソーシャルディスタンスを守ることにした。

　コホート隔離の解除後、入院患者の一部は退院し、病院にいる患者が減った。また、脳卒中や慢性の神経変性疾患患者のリハビリが当院の診療の片翼を担っているため、施設が隔離されるとリハビリ機能が完全に遮断されてしまう。入院患者のスムーズなリハビリ治療が難しくなるだけでなく、病院経営も大きな打撃を受けた。社会全体が停滞して正常な経済活動が困難な状況では、病院だけが例外というわけにはいかない。しばらくは大変なことが続くのだと理解しなければならないが、問題はこれで終わりではない。4月に入っても老人療養病院や精神病院を中心に新型コロナウイルスの集団感染が引き続き発生しているからだ。

　コホート隔離期間中、親友である大学同期の父上が亡くなったことを知った。葬儀場にうかがってお悔やみを伝えるのも難しいと分かっていたが、行くべきか否か悩みに悩んだ。結局、KF94高性能マスクをつけて自分一人でも行くと友人たちに連絡した。ほとんどの友人は行けないと言い、中でも香典を託してきたある友人は亀尾で自宅隔離中だった。彼は元々立派な体格で山岳部に所属するような体力自慢の健康的なタイプだが、3月初めに新型コロナウイルスに感染してファティマ病院に入院した。二転三転の末に退院して今は亀尾で療養しているという。最初の1週間呼吸器症状は全く見られず下痢が続いていたそうだ。しかし感染者のほぼ半数程度は何の症状も無く消化器

症状だけ現れるという研究結果を思い出し、レントゲン写真を撮った。すると両肺に肺炎が見つかり検体採取して感染が分かった。陰圧室が確保できず待ちに待ってようやく入院したが、陰圧室に隔離されていた間ずっと全身症状と不安に悩まされた。死の間際から生き返ったようなものだとも言う。そして私に「絶対に新型コロナにかかるな」と釘を刺すのだった。これだけは自分の思うどおりにいかないので、友人の言葉を聞いてぞっとした。

　そして用心に用心を重ねて勤務していた３月末、大邱市内の病院の看病人に実施した全数調査で１人が陽性と判定された。また再度行われた病院従事者および入院患者の全数調査でも患者の１人が感染者と確認された。この人がいたフロアに対して２度目のコホート隔離を２週間行うことになった。私も患者や病院従事者に対して検体採取をして検査に回したが、私を含む医療従事者も計３回検体を採取されなければならなかった。この検査のつらさは並大抵のものではない。痛みは言うまでもなく、くしゃみや吐き気を催し涙まで出た。検査担当者もレベルＤ防護服を着て大汗をかきながら何時間も検査を続けなければならないので、私ひとりつらいとは言えなかった。こうした状況を何回か経験すると、防疫当局と医療従事者に感謝の気持ちがおのずと湧くものだ。

　学生時代そしてインターン時代にお世話になった先生のなかには、引退後に療養病院に勤めている方がいる。長年にわたる診療経験だけでなく、年齢が近い年配の入院患者に寄り添い患者のつらい気持ちに耳を傾けるなど、年の功を活かしている。今回新型コロナウイルスが療養病院で猛威を振るい、先生方も多くの被害にあった。療養病院内でコホート隔離したり、外出

が制限される自宅隔離をした人もいる。手術に臨む熱心な姿が印象的なあるベテラン教授も療養病院の勤務中に感染し、母校の病院に入院して今もまだ大変な時間を過ごしている。

　私の母は大邱から車で1時間ほどの慶州に住んでいる。私は毎日電話で様子を尋ね、いつもなら月1度は母のもとを訪ねている。2020年2月に新型コロナウイルス感染症が大邱で発生して以来2カ月以上母に会っていない。私は新型コロナ危険地域の大邱に住み、また病院ではハイリスク群患者を診ている医師なので用心も人一倍だ。

　今日付で病院の全職員は二次隔離解除の通知を受けた。新型コロナウイルスは感染した患者だけでなく医療従事者にとっても大変な苦難の時間だった。これが最後の戦闘であってほしいが、いつかまた再びこの状況が繰り返されるかもしれない。

　春来不似春、春来れども　春に似ず……花が咲きほこり、鳥が飛び交う春だというのに本当の春はまだ訪れていない。みんなに平凡な毎日が戻るその日まで、私も先頭に立って最善を尽くそうと心に誓った。

画像診断科の医師が経験した
新型コロナウイルス

イ・ギマン

テギョン映像医学科医院代表院長

　私は1983年に大学の医学部を卒業し、画像診断科の研修医として経験を積んだあと軍病院や総合病院で同科の専門医として働いた。90年代初めにはここ大邱で放射線科付属の健康診断センターを開院し、第一線での診療を始めた。この分野に足を踏み入れてから35年以上になるが、この間に医療技術は大きな進歩を遂げ、特に画像診断分野の発展には目を見張るものがあった。私が医師として働き始めた80年代半ばには病院でもめったにお目にかかれなかったCTやMRI、PET、超音波といった最先端の画像診断機器による検査が、今ではすっかり普及した。今や患者のほうから体のどの部位をどういう機器で撮影してほしいと言ってくるケースがほとんどだ。市民の医学知識は相当なものなので、医師としての自己研鑽も怠ってはいられない。

　大邱市の新型コロナウイルス感染者は2020年2月18日に1人目（31番患者）が確認されたあと一日に数百人ずつ増え、2月末以降、市はパニック状態に陥り街全体がまひした。この未曾有のコロナ大流行は幸い4月末になって収束し、人々は少しずつ日常に戻る準備をしている。だがコロナ禍は、ずっとこの地で過ごしてきた私の画像診断科医師としての人生と、専門医15人を含む100人以上の職員を抱える当院の運営に大きな衝撃を

与えた。1997年の通貨危機、そして約10年前の世界金融危機によって韓国経済が危機に瀕していたころ、外国製の高価な画像診断機器をリース契約して使用していた画像診断の専門病院は大きな打撃を受け、そのあと数年間はその余波を克服するのに必死だった。だが、今回のコロナは当時の社会経済的な影響とはまったく次元の異なる、社会医学的な衝撃だった。

　病院を訪れた患者がコロナ感染の疑いがあるか、のちに陽性と診断された場合、まず防疫当局に申告し、感染拡大を防ぐための措置を直ちにとらねばならない。機器や施設を消毒し病院は数日間、閉鎖する。感染が判明した場合は、診療時にウイルスにさらされた可能性のある医療スタッフや職員に対しウイルス検査を行うと同時に自己隔離に入らせる。その結果が陰性でも、潜伏期間を考慮して少なくとも2週間は自己隔離を続行する。また、コロナ患者は行動歴も詳しく公開されるが、その立ち寄り先に病院が含まれている場合、医療スタッフや職員の自己隔離期間が終わって運営を再開したあともその病院には人が来なくなるケースが多いという。「コロナ病院」という噂が立つからだ。ニュースによると、鼻や喉から検体を採取する検査でコロナ感染が確認された医師や看護師など医療者は全国で100人以上に上るという。慶尚北道慶山市で内科医院を運営していた院長は、患者から感染したコロナによって大切な命を落とした。

　これまで大邱市民と医療者は心を一つにして数々の困難に耐え、自ら外出を控えて、懸命にコロナと闘ってきた。コロナはひとまず収束したが、この怪物は地域社会に忍び込みいつまたひょっこり顔を出すかもわからない。画像診断科の開業医に衝撃を与えたこれまでの状況を振り返りつつ、再び音もなく襲いかかってくるかもしれない「そいつ」への備えとしたい。

2月のある日、65歳の女性がみぞおちと右脇腹の痛みを訴えて内科・泌尿器科の開業医を訪れた。ずきずきした痛みが2日間続いていることから医師は腎臓結石を疑って薬を処方したが、症状は完全にはよくならなかったという。その医院の院長は痛みの原因を特定するため、当院に腹部CTの撮影を依頼してきた。

　CTの画像を見る限り腹部には腎臓や尿路の結石は認められず、特に注目すべき異常所見もなかった。だが、腹部画像の端に写っていた肺に白く曇った異常所見が見られたため、今度は肺のCTを撮ってみた。すると、黒く写る肺にすりガラス状の陰影が現れるウイルス性肺炎の所見が認められた。よくあるウイルス性肺炎とは違って肺の複数箇所に小さな浸潤性病変が認められ、これはもしかしたら最近問題となっている新型コロナウイルス肺炎の所見かもしれないと、どきりとした。

　職員たちに必要な措置をとらせ、すぐに寿城区保健所の新型コロナウイルス選別診療所に女性の検査を依頼した。翌日、陽性と判明し、当院はその日から2週間、閉鎖して自発的に休診することとした。直接、患者と接した医師や職員たちもすぐに自己隔離に入り、隔離中に受けた検査で全員が陰性となったため2週間の隔離期間が終わったあと復帰した。多くの患者を診察してきた感染症内科の医師たちは、新型コロナウイルスは感染しても何の症状もない人が80％に上り、症状がある人も呼吸器症状ではなく腹痛や下痢を訴えて来院していると後日話していた。とすると、この女性患者の腹痛の原因はコロナによる胃腸症状だったと推測できる。

　数日後、慶山市の分院に82歳の男性の腰痛に対する画像診断の依頼があった。脊椎の病変を鑑別するため腰椎のCTを撮ると、また同じような所見が認められた。男性には咳や痰など

の呼吸器症状や発熱はなかった。新型コロナウイルス肺炎を疑い直ちに保健所に申告したあと、施設を消毒し病院を閉鎖した。男性は検査で陽性と判明し、そのあと数日経ってから呼吸器症状が現れたという。ちょうど画像診断に関する国内外の学術誌に、無症状のコロナ患者の鑑別には肺のCT画像が大いに参考になるという論文が掲載されていた。中国や韓国から投稿された論文だった。何の症状もないのにむやみに肺のCTを撮るわけにはいかないが、ハイリスク者や家族内に感染者がいる人の場合、たとえウイルス検査で陰性でも、疑わしい呼吸器症状や発熱が認められるときは肺のCT撮影が有用だろうと思った。

　その後もコロナの疑いのある患者が何人も当院を訪れ、そのたびに消毒作業と休診措置を行った。2月と3月はコロナへの恐怖で大邱市全体が凍りつき、不安のため市民が外出を極度に避けたため、どの業種でも客足が減っていた。当院も来院患者が急減し、医師や職員たちは隔日で交代勤務しながら苦境に耐えていた。その困難な時期に、当院の医師たちは患者の減少で時間に余裕ができたことから大邱市庁のコロナ対策状況室での勤務を志願し、夜を徹して働いていた。また選別診療所や3月初めに誕生した生活治療センターで、重い防護服を着てボランティア活動をする献身的な姿も見せてくれた。当院が休診となる週末にはほとんどの医師がボランティア活動に乗り出し、公衆衛生医師や総合病院の医師たちの仕事を手伝っていた。
　新型コロナウイルスを克服できたのはこうした市民や医療者の切なる思いによるところが大きいと思う。感染が拡大し始めた当初の危機的状況で昼も夜もなく死闘を繰り広げていたボランティアや医療者、市の公務員たちの努力、そして生活治療セ

ンター誕生のおかげで長いトンネルを抜けることができたのだろう。コロナの恐怖が最高潮に達していた2月下旬、大邱市医師会長の必死の呼びかけに応えて応援に駆けつけた大邱市のすべての医療者の献身的な奉仕に敬意を表する。これほどありがたく誇らしいことがあろうか。

　新型コロナウイルスは「ステルスウイルス」とも称される。音もなく侵入してきて全世界を破壊したからだ。私は画像診断科の医師として、CT検査で偶然に肺炎の所見が見つかるほど無症状の感染者が多いのなら、このウイルスの拡散を防ぐのは本当に難しいだろうと感じた。そもそも不可能なことではないかとも思えて、ため息をついたこともある。だが、誇らしいことに我々はこの怪物をほぼ退治した。もちろん、疾病管理本部が「現在、韓国のコロナ大流行は安定期に入ったが、冷たい風が吹き始めるころに第2次大流行が起こる可能性はある」という不安な予測をしていることからも、まだ終わったとは言えない。状況が少しよくなったとは言え、今はけっして油断してはならないときだ。少し緩んでいた気をまた引き締めて、みんなでコロナを完全にやっつけよう。
　国民みんなが仲良く暮らしていく美しきこの国を守ろう。

大邱に行くまで

ソン・ミョンジェ

カトリック関東大学国際聖母病院　応急医学科臨床助教授

　2020年1月、中国武漢から始まった新型コロナウイルス感染症が広がっているという記事を見た。わが国でも正月の連休から異常の兆しが見られたが、SARS、MERS騒動の際に得た教訓もあり、今回は大きな被害もなく終わるだろう、大丈夫だろう、そう考えていた。だが連休後、SARS、MERSの時とは違う雰囲気が漂っていた。そして、またたくまに国家検疫態勢が強化され、国内の医療界は不安な思いでこの状況に注目していた。大韓医師協会もわが国の防疫態勢に対し危機感をもつと同時に、関心を示していた。

　そうした中、2月18日に大邱で31番目の陽性患者が発生し、2月22日には清道テナム病院における集団感染を受け、全国の公衆保健医を大邱、慶尚北道へ一斉に派遣するという知らせが届いた。都市ごとに人員数が決められ、各市・郡から公衆保健医が1、2名ずつ大邱へ向かった。当時、大邱へ行くということは、目に見えず、危険性が明確にされていない未知の感染性ウイルスと死闘を繰り広げる最前線に行くということを意味し、医療者の立場からすると、非常に大きな負担を背負うことになる状況だった。だが、多数の公衆保健医が淡々と大邱へと向かった。

数日後、韓国の感染病危機警報レベルが引き上げられ、各広域自治体でも感染予防の措置をとり始めた。公衆保健医として私が当時勤務していた京畿道安城市（アンソン）は自主的に選別診療所を運営し始め、安城に勤務している公衆保健医が順番に診療にあたった。安城の選別診療所でも陽性患者が確認され始めると、医療者にも動揺が広がった。新種の感染病である新型コロナウイルス感染症についての診療プロトコルがあるわけでもなく、専門家が一人もいないとあり、来院した市民を一時的に診察する医療陣の気が張り詰めていた。市民や感染患者だけではなく、医療陣も同様に恐怖を感じていた。

　全国の大部分の公衆保健医が選別診療所でコロナウイルスと闘っているとき、安城市の公衆保健医師の代表から、われわれの市からも大邱へ人員を派遣しなくてはならないという通達があった。その通達を聞いて考えてみたところ、大邱へ行くのは救急医学科専門医である私が最も適しているのではないかと感じた。経験がない医師よりは、MERS騒動のときに救急室に勤務した経験がある私のほうが、少しは役立つだろうと思ったのだ。安城市公衆保健医師代表に電話をかけ、派遣人員がいなければ私が行くと伝えた。すると代表は、現時点での推移を見ると事態がすぐに落ち着く気配がなく、私の志願を受け入れれば、次に派遣が必要になったときに、また新たに派遣人員を決めなくてはならなくなると言う。その困難を回避するため、すべての公衆保健医でくじ引きをすることになった。

　2月25日、くじで3名の人員が決まり、2月27日に1次派遣が確定した1番、3月11日に2次派遣が確定した2番、3月25日に派遣される可能性がある予備候補の3番とされた。代表は、私に3番の当選を伝えながら、派遣になる可能性が低くてよかっ

たと笑った。

　電話を切り、考えた。私は救急医学科の専門医で、MERS騒
動の際、拠点病院で感染病の現場を経験したことがあるのだか
ら、他の人より私が行ったほうが少しは役に立てるのではない
かという思いに再び駆られた。スケジュールを確認すると、3
月2日には公衆保健医の任期〔公衆保健医としての勤務は兵役の一
環とされる〕を終えたあとに就職する病院の新入職員オリエン
テーションがあるため1番の日程は難しく、2番と交代すれば問
題はないと思われた。

　2番に当たった医師に電話をかけ、順番を交代して私が行こ
うと思うと伝えると、快諾してくれた。そのとき、その医師は
どんな思いだったのだろうか。

　大邱行きを決めてから、家族に話すべきか迷った。どうせわ
かるのだから早く伝えた方が良いと思い、母に電話をかけた。
電話を受けた母は、しばらく言葉を失った。他の苦労ならむや
みに買って出るなと言うだろうが、国内の状況が状況なだけ
に、気をつけて行ってこいと言ってくれた。

　言葉数は少なかったが、母の気持ちは伝わってきた。こんな
ときは、私が医師であること自体が親不孝のように感じられ
る。あれこれ心配をしてくれる家族にも、地元でコロナウイル
スの感染がすでに始まっているのだから、選別診療所で患者を
診ることと危険度はさほど変わらないと、大邱へ行って経験を
積んで戻ってくると言って安心させた。

　なぜか私が大邱へ行くという話がいろいろな人に伝わり、多
数の知人から激励の言葉をもらった。今までの人生を無駄に生
きてはこなかったのだという思いに駆られるほどだった。心配
する知人らに、いつも同じ話をした。医師だから行くだけだと、

元気に戻ってくるから、戻ってきたら酒でも飲もうと。志願したときには淡々としていたが、周りの人々があまりにも心配をしてくれると、なぜだか私まで心配になり始めた。だが「行ってコロナに感染したらどうしよう」という恐れより「それなりに経験もあり、役に立てそうでよかった」という気持ちが明らかに勝っていた。

　そして時は流れ3月が近づいたが、陽性患者が急激に増加し、医療者が不足しているという情報がメディアで伝えられた。スケジュールを見ると3月2日以降であればいつでも都合が良かったため、日程を少々前倒しにして行ったほうがよいのではないかと考えた。保健福祉部に知人がいたので連絡してみると、専門医に早く行ってもらえればありがたいと言われた。
　3月3日、京畿道庁および保健福祉部から連絡がきた。3月4日、2時までに大邱にある第1生活治療センターである中央教育研修院へ向かうよう指示された。いざ、明日すぐに発たねばならないと思うと、気持ちが落ち着かなくなった。感染力が非常に高いと知らされ始めた新種の感染症ではあったが、感染症に対する恐怖心はないと自負していた自分がそんな気持ちを抱くとは思わなかった。どうにも穏やかな心境ではなかった。数々の紆余曲折と心境の変化を経て、3月4日2時、私は大邱にいた。

　それ以降、2番、3番に当たった安城市公衆保健医の派遣は中止された。友人らは私に向かって、行く必要のない大邱への派遣に自らすすんで行ったと、愚かなまねをしたと、今でも言っている＾＾。だが誰がなんと言おうと、私を必要とする場所に、適切な時に自発的に行くことができた私は、幸せな人間なのである。

平凡だが格別な大邱での3週間

ソン・ミョンジェ

カトリック関東大学国際聖母病院　応急医学科臨床助教授

　2020年3月4日午後2時までに大邱第1生活治療センターに
なっている中央教育研修院に来てほしいという連絡を受けた。
通達があったのは3月3日、出発の当日朝ようやく支度を終え
て大邱に向かった。高速道路を降りて大邱市中心部に入った瞬
間、びっくりした。救急医学会に出席した際に二度ほど大邱を
訪れたことがあったが、その時とは雰囲気が全く違っていた。
車が通りを走っていない。街には人影もなく、ほとんどの店に
「一時休業」と書かれた紙が貼られていた。大邱第1生活治療セ
ンターは革新都市[1]にあった。センターの入り口で警察から本
人確認を受けてようやく中に入ることができた。張り詰めた空
気に尋常でない状況を感じ取った。

　大邱第1生活治療センターには新型コロナウイルス感染者の
中でも症状が軽い患者約150人が入所していた。患者が急激に
増加して陰圧病床が足りなくなってきたため生活治療センター
が設置されたのだ。病院で治療する必要がない軽症の患者をセ
ンターでケアすることによって地域感染を防止することもでき

1）地方のバランスの取れた発展のため、拠点となる地域に新たに造成された都市。首都
圏から移転してきた公共機関、企業・大学・研究所などが緊密に協力できるシステムと高水準
の住居環境などを備えた都市を建設する。

る。しかもここは韓国内で初めて指定された生活治療センターということもあり、シンボル的存在としてマスコミや社会からの関心が集まっていた。

　私が到着した3月4日はセンターが開所されてまだ3日目だった。そのためシステムを拡充している真っただ中で、センターの内部は慌ただしい雰囲気だった。センター長は慶北大学病院核医学科のイ・ジェテ教授が担当し、同病院内科専門医の先生1人も医療従事者チームの一員として派遣されていた。私のほかに2人の医師が一緒にチームに加わった。1人は釜山エリアで開業している60代の内科専門医の先生だ。新型コロナウイルスに対応する医療スタッフが不足しているという話を聞き、ご本人の病院を離れて大邱に駆けつけた。釜山にある大学の医学部を卒業して長年梁山で腎臓透析専門病院を開業しているが、故郷大邱の惨状を聞き心穏やかではいられず即座に志願したという。もう1人の先生はソウルで勤務医として働く若い女性の総合診療医だが、やはり大邱が故郷でご両親が住んでいらっしゃるという。医療ボランティア募集が公式発表されるとすぐに申し出た。私のように公共医療に所属する医師のほかは、大邱出身の先生たちが真っ先に駆けつけてくださっていたというわけだ。

　生活治療センターでの医療ボランティア初日。私たちの任務は、患者が隔離されている部屋に入り、1人ずつ検体を採取することだった。医療従事者といえども初めてレベルDの防護服に腕を通す人、初めて新型コロナウイルス感染者に顔を合わせる人もいたため手間取ってしまい、どうしても緊張するほかなかった。それでもみんな笑顔で頑張ろうと誓いあい、かけ声を掛けるなどかなり和気あいあいとした雰囲気だと思っていた。

しかし防護服から着替えて一緒に撮った写真には、みんなの硬直した表情に重苦しい空気まで写っていた。

　センターで担当したもう一つの任務は、毎朝10時から患者に電話をかけ、体調を問診し検査結果を伝えることだった。一回の電話は短くて3分、長いときは20分続いた。患者の多くは事情を抱えていた。

　ある患者は、私が初めて電話をかけたとたん外に出させてもらえないかと言いだした。事情を聞くと、本人をはじめ4人兄妹が全員新型コロナウイルスの陽性判定を受けたという。慶北大学病院に入院中の年老いた母が生死の境目にいるのに、兄妹がみな隔離されてしまったので最期を見送ることができないと漏らした。しっかりとマスクをつけるのでどうか退院させてくれ、それがだめなら短時間でも外出させてほしいと訴え続けた。私には「ここで覚悟を決めて新型コロナウイルスに打ち勝って、一日でも早く検査で陰性が出ることを期待しましょう」となだめることしかできなかった。涙がこみ上げてきた。懸命に説得した。

　またある60代の女性の患者は、夫が元気でいるか教えてほしいとしょっちゅう私に聞いてきた。仲むつまじいご夫婦なのはもちろんだろうが、聞けばご主人は重いパーキンソン病患者だった。近々通院する日がくるので80歳を過ぎた姑に夫のことを頼んできたが、その姑と連絡がつかないという。そのため自分が少しの間だけ外出して夫の様子を確かめてきてはだめかと訴えるのだった。私はいったい電話をどうやって切ったのか、またもや胸がつぶれそうだった。

　新型コロナウイルスというやつは病気そのものもつらいが、いろいろな面で人の心を苦しめた。だれもが胸を痛める事情の

平凡だが格別な大邱での3週間　**185**

一つや二つ抱えているので、患者と話をしては気をもむ毎日だった。胸がはり裂けそうだった。

　時間が経つにつれて現場の雰囲気に慣れてきて、精神的にもかなり楽になってきた。私以外にも公衆保健医が3人選抜されてこのセンターに来ていることを遅ればせながら知った。医学部を卒業したばかりの公衆保健医2人、もう1人はインターンを終えて来た医師で、3人とも年下だった。彼らは仁川広域市甕津郡の小さな島で公衆保健医として義務服務中の若い医師たちだった。

　3人とも重症患者や大きな事故の診療現場の経験が少なく、怖さも多かったことだろう。最初はおじけづいていたが、いざ始めてみると医師としての喜びの方が大きいと言うではないか。心強い後輩たちの勤務ぶりが素晴らしく目を見張った。結局私たちは2週間の予定だった派遣期間をさらに1週間延長し、計3週間大邱で一緒に過ごした。

　勤務が終わると時間を見つけては辺りを散策した。私が滞在していたのは大邱市東区の革新都市だったが、「半夜月」と「安心」という変わった地名を見つけた。土地の名前には由来がつきものなのでさっそく調べてみた。後三国時代(892年〜936年)、高麗の王建は公山の戦い(927年)で後百済の始祖である甄萱に大敗を喫した。退却するとき夜半に新基洞一帯を通ると月が中天に浮かんでいたという。この逸話が「半夜月」という地名が生まれた由来だそうだ。そして難を逃れて現在の東内洞まで来ると敵の追撃がなくなり、汗が引いてようやくひと息つくことができたため、その地を「安心」と呼ぶようになったという。歴史好きの私が大邱に医療支援に来てまで歴史探訪をしているこ

とに気づいて、歴史学者への未練が残っていることを実感した。

　時が過ぎ、いつの間にか３週間が過ぎた。厳密に言えば19日間だったが、ここで働いている間良かったことの一つは食べ物が美味しいことだった。大邱に来る前までは慶尚道の食べ物は木浦出身の私の口に合わないのではと心配だったが、たいへん美味しかった。出されたお弁当もたまの外食も美味しくて大満足だった。新型コロナウイルスの最前線で苦労しているのではと心配して連絡をくれた家族や知人にもご飯がとても美味しいと話した。するとみんなが「元気そうだね」と笑いながら電話を切るのだった。みなが「わざわざ苦労しに行った。命に不安はないのか？」と心配してくれるのだが、ふっくら太って帰ったら面目が丸つぶれになりそうで復帰の日が思いやられる。

　2020年３月、実に平凡だが格別な３週間を大邱で過ごした。センターにいる人たちもみな平凡だが格別な３週間だった。それぞれが与えられたことに真剣に取り組み、隣人どうし慈しみあう、尊敬に値する国民だった。誰もが冷静さを失う災害時に医療従事者の一人として現場に立った日々は、私にとって非常に誇らしい経験になった。

戦う前に勝つ

キム・ヒョンソプ

国民健康保険一山病院　リハビリテーション医学科、
堤川コロナ生活治療センター　前センター長

　剣道に"戦う前に勝つ"という言葉がある。竹刀を構える前に眼光で相手を制圧せよという意味だ。私は2020年3月9日からひと月の間、忠清北道堤川市の新型コロナウイルスの生活治療センターにいた。

　堤川行きは突然決まった。以前、コロナの診療のために派遣申請をしたことがあるが、希望者が多くて順番が後ろになった。残念なことにうちの病院スタッフは全員が大変な情熱の持ち主だったのだ。しかし一方ではコロナが早く鎮静化し、その機会が再び訪れないことを願った。誰にとっても3月はときめきと不安の入り混じった新たな出発の時であり、仕事が山積みだったので、この事態が無事に過ぎることを心から望んだ。しかし、新型コロナウイルスの感染拡大を受けて生活治療センターが立ち上げられるや、私にも突然の派遣命令が下った。急いで荷物をまとめて堤川の国民健康保険公団の人材開発院に向かった。

　私は2008年に専門医になり、入院中の脳卒中、脳損傷患者のリハビリ治療や、外来では認知症、パーキンソン病、疼痛患者の診療に携わってきた。2019年末に中国の武漢で発生した新型コロナウイルスの感染は、リハビリ医学の医師である私にとっては初めての対戦相手と向き合っているようだった。コロナに

ついて何も知らなかったため、不安と恐怖に襲われた。赴任前に感染内科の医師らと会議を開き、別の病院で運営している生活治療センターの現況について少し話が聞けた。新型コロナウイルスの感染が確認された人のうち、症状が軽い患者が入所するとはいえ、病の重症度分類が完璧ではない場合が多く、中には重症の患者もいる。重症患者を見分けるために毎日、胸部レントゲン検査を実施するよう勧められた。日常的に防護服を身につけて診療し、重傷の患者は病院に移送するということだった。

　専門医3人、看護師6人をはじめ医療技師、準看護師からなる医療支援チームが、果たして毎日150人もの感染者をコントロールすることができるのだろうか？　医療スタッフの感染や安全面も懸念された。しかし相手の眼光を見る前に怖れをなすことはないと思えた。コロナの眼光を見るまでは、いかなる判断も先にしないことにした。出発前の病院関係者の会議で、入所者への医療的ケアに対する判断は派遣される我々医療チームに任せて、病院の経営陣には後方支援の方をお願いした。

　3月8日午後1時にセンター入りし、抜かりなく準備に取りかかった。パソコンと診療器具を取り付け、診療所および検査所を決定して、それぞれの持ち場と当直体制を整えた。初日の仕事を終えたときには夜10時をまわっていた。翌日、提川センターには、110人の軽症者が入所することになっていた。医療チームの安全を最優先とし、対面診療は原則、最小化するという原則を伝えた。

　事前に入所者の状態を把握するために大邱市の協力の下、入所者が到着する前にアンケート調査をメールで送ったところ、驚いたことに8割以上が答えてくれた。高齢者やスマートフォンの操作が難しい人には電話をかけた。入所者全体の平均年齢

は34歳で、父親と娘、母親と息子、姉妹や兄弟など、家族が一緒に入所するケースも多かった。妊婦や呼吸困難の患者もおり、高血圧、糖尿病患者も確認された。

呼吸困難を訴えた66歳の男性は肺炎が確認されたのでただちに大邱医療院に移送、入所3日目に肺炎が見つかった50代の女性も移送した。残りの患者は堤川センターを閉めるまで一緒だった。朝晩2回、メールで自己モニタリングのアンケート調査を行い、容体をチェックした。入所者の8割以上は全く症状がなかった。症状を訴える人も、この程度ならほとんど病院で診療を受けるほどではないということなので、ひとまず安心した。

入所した翌日、57人に対して初めてPCR検査を実施して様子を見たが、ほとんどが健康そうだった。具合が悪いと症状を訴えることもなかった。この程度なら2週間後にはすべての入所者が退所できそうだった。しかし実際の検査結果では、ほとんどが陽性かウイルスの存在を暗示する弱陽性と判定された。結局、4月2日に最後の検査を実施するまで、最初の入所者110人と途中で天安から来た患者を含む130人のうち退所できたのは68人だけだった。継続してウイルスが検出された患者は大邱に移送し、堤川センターを閉めた。

3月に生活治療センターの医療支援団代表者のためのSNSチャットルームが開設され、他のセンターの先生方と交流が持てた。生活治療センターは医療機関なのかについて討論されたが、私はセンターを医療機関に指定することに反対した。軽症の新型コロナウイルス患者はこれといった治療薬がない。ここでは自己免疫に頼るしかなく、重症患者は総合病院に移送して入院治療を受ける。すなわちセンターは軽症の感染確認者を、ウイルスを排出しなくなるまで隔離する機関だ。無症状や軽症

だが、ウイルスを排出するだけの感染確認者を患者、感染者、保菌者、入所者のうち、どのカテゴリーに定義するのか？ 無症状の感染者を患者と定義すると、ウイルスの排出そのものが病と規定されることになるわけだが、それもかなり違和感がある。

韓方医師協会が組織をあげて免疫力増強効果をうたった韓方薬をアピールしてきた。希望する入所者に無料で送ってきたのだが、治療効果について根拠がなく、副作用に関するデータもないので、搬入を許可しなかった。今回のコロナ事態は災害的な状況だ。災害には災害として対処するのが正しく、それに見合った財源支援が必要であると考える。私たちがボランティアしているこのセンターを医療機関に指定して入院管理費を受け取れば、その善意や純粋性が損なわれる。

ひと月の間、堤川で過ごしながら新型コロナウイルについて感じたことは、基礎疾患のない若者は症状が軽いか全くないということだった。なんの気配もなく現れて突然周りを感染させるステルス航空機のようだと表現した人もいた。ここの入所者たちも、感染後のつらい症状は1週間ほど続いた後、消えたという。無症状あるいは軽症者の感染者は、疫病管理には難しい問題が付きまとう。通常、風邪や感冒のような呼吸器感染症のケースは、症状が出る前に最も強い感染力を持つため防疫が難しい。今回の新型コロナは無症状の感染者が多く、症状が消えても30日以上ウイルスを排出するので、短期間に解決できないものと考えられた。

生活治療センターは感染拡大が始まった頃、軽症と無症状の感染者を隔離して地域社会への拡大を防ぎ、医療崩壊を防ぐ防

波堤の役割を果たした。センターは感染の脅威を顧みず志願した医療チームのこの上ない努力のお陰で成功したと信じている。最終的には医療資源の効率的な活用にも大きく貢献した。

　私は使命感から堤川センターに赴いたと考えたことがあった。しかし率直なところ、それは格好をつけた言い方だ。私は大邱市民の命を守るために来た聖人ではなく、医師だから来ただけだ。リハビリ治療センターにいればリハビリ医学科の医師になり、伝染病が猛威を振るうときは伝染病と戦う戦士になる。今回の新型コロナウイルスとの戦いで、危機に陥ったときほど一致団結する韓国国民をまたもや目の当たりにした。慰問品に残された国民の心のこもったメッセージを見て感動した。映画『悪いやつら』の台詞を思い出した。

　「学生は勉強してこそ学生であり、やくざものは戦うべき時に戦ってこそやくざものだ」

　人生で最大の幸運はリハビリ医学科の医師になれたことだったが、今回も私はまた別の医師として新型コロナウイルスとの戦いに挑むことができたので、大変光栄なポストだった。

新型コロナウイルス患者
移送チームでの1ヵ月

ウ・ソンファン

慶北大学病院健康検診センター　医療技術職

　2月18日、韓国で31番目の新型コロナウイルス感染者として、新天地の信者が確認された後、2月末まで、感染者数が毎日数百人ずつ発生した。都市は突然、ぞっとするような恐怖に襲われた。地域の公共医療の最も重要な核である慶北大学病院もまた、非常診療体制に転換された。訪問患者数が激減した健康検診センターは、新型コロナウイルス診療専門担当部署の医療人材不足を補うためにスタッフを派遣することに決まった。

　私はコロナ患者専門担当班に志願し、患者の移送を担当するために構成された専門チームに配属された。しかしコロナの嵐の中で皆が感じた漠然とした恐怖心のせいで、このチームに積極的に志願する人はあまりいなかった。候補者を積極的に説得した結果、一般患者移送チームと手術室から派遣されてきた14人に、私を加えた合計15人でコロナ患者移送チームが構成された。そしてコロナ患者移送チームは感染のリスクを最少化するために、一般患者移送チームとは別の待機場所を準備し、3組で1日3交代制の勤務体制とすることに決め、3月1日から本格的に業務を開始した。

　病院の感染管理チームが担当していたコロナ患者の移送業務を、我々のチームが引き継いだのだ。新型コロナウイルス患者が入院している神経外科と内科集中治療室(ICU)、陰圧室を備

えた506西病棟、そして救急安全チームや変電室と緊密に協議しながら業務を行った。専担移送チーム運営の初期には、移送が必要なコロナ患者数が多かっただけではなく、各部署別の明確な業務指針がなかったために混乱していた。部署間のコミュニケーションが円滑にいっていないことも問題だった。結局、関連部署の担当者と全体ミーティングを実施し、頻繁にコミュニケーションを取り、各自の役割を明確にすることで、業務をスムーズに進めることができた。

3月初め、我々が引継ぎいだ当初は、救急処置室に到着した患者を病室まで移送する所要時間は10分程度だったが、救急処置室の前に来るべき救急車がとんでもない場所に行ってしまうケースも多かった。救急車が、全く別の場所にある慶北大学歯科病院へ行ってしまったり、病院の敷地内にある併設葬儀場[1]や、病院前の教会や、外来病棟に行ってしまったり、時には、別の町にある漆谷慶北大学病院[2]に行ってしまったりもした。全国から応援に駆けつけている救急車が、大邱の地理を知らないがために発生した混乱も多かったのだろう。連絡が円滑にいかないと、我々は窮屈なレベルDの防護服を着たまま、1時間以上も救急処置室の前で待機していなければならなかった。もちろん、救急隊員も入院される患者たちも、皆が大変な時間だった。

新型コロナウイルス患者移送チームの同僚たちも、感染を心配する家族が目に浮かび、任務のことを誰にも話さなかったり、家に帰らず病院近くにワンルームを借りてこの状況が終わ

1）韓国では大学病院等の大病院の敷地内に葬儀場が併設されていることが一般的。入り口は別に設置されていることが多い。

2）漆谷慶北大学病院は、慶北大学病院の系列病院だが、所在地は市内の別の区にあり、車で30分近くかかる。

るまで一人で過ごすことにした方もいた。最初から夫と子供を義理の両親の家や実家に預けてしまった女性の同僚もいた。家族たちは、あとから夫や妻、お父さん、お母さんが新型コロナウイルス患者の移送業務をしていることを知ると、「お父さん、最高！」「あなた、健康に気をつけてね！」「愛してるよ！」などのメッセージを送ってきた。市民も病院前の大通りに「あなた方がこの時代の本当のヒーローだ」という横断幕を掲げた。我々も勇気100倍で頑張った。

　移送業務のさなか、患者たちの気の毒な状況に胸が痛くなることは一度や二度ではなかった。

　ある方は、慢性心不全の基礎疾患があるご高齢の患者だったが、新型コロナウイルスの治療中に胸部レントゲン写真で病変が急激に悪化し、慶北大学病院に移送されてきた。患者は入院時に主治医から、病変が急激に悪化し危険な状態になる可能性があるという説明を受け、その他の治療とともに、腎臓機能が悪化しているため週3回の血液透析治療を受けた。

　家族が入れない陰圧隔離室に入院したのだが、入院中ずっとこの患者の状態を観察し、防護服を着て治療していた医師も大変だったことだろう。患者は一人でやっと食事ができる程度で、トイレは医療従事者の助けがなければ行けない状態だった。血液透析を受けるように説得しはじめてから患者がそれを受け入れるまでの1〜2週間、患者を見守る看護師たちも大変もどかしく思っていた。私は病室に入るたびに「食事をしっかり食べてくださいね」「必要なものがあれば言ってくださいね」と声をかけたが、返事をするのも難しいようだった。

　顔の表情からも、とても憂鬱になっているのがわかるほどだった。面会もできないのでご家族からよく電話がかかってき

たが、患者は億劫そうに電話にも出なかった。ご家族は、患者が電話に出るようにして欲しいと、泣きながらナースステーションに電話をかけてきた。ご家族は、「母はどのように過ごしているでしょうか」「血液透析で辛くないでしょうか」とすがるように尋ねたあと、「母が今からでも苦しまないように、楽にしてあげてください」と涙ぐみ、これには周りにいた医療チームも目頭が熱くなった。「そこまでではないですよ。一旦、治療中ですから、結果を一緒に見ていきましょう」とご家族を落ち着かせた。

その後、血液透析と投薬治療を並行して進めると、患者の気分も良くなり、再び生きる意欲も湧いたようだった。時間が経つにつれて食事量も増え、言葉数も少しずつ多くなり、病室に入る度に「私のためにご苦労様だねえ」そして、血液透析がある日には「私のためにまた面倒をかけるねえ」と温かい言葉もかけてくれた。隔離環境と血液透析にうまく適応され、状態が好転したので、医療陣もまた大きなやりがいを感じた。この方には永遠に不可能に思えた「希望」という単語が、目の前に近づいて来たのだ。

新型コロナウイルス患者の状態が悪化したといっても、家族の方々がそばで見守ることもできず、最期の言葉を交わすこともできない。子供たちが年老いた父母の臨終を看取ることも不可能になる。家族がひとりもそばにいない状況で、防護服を着た医療陣に囲まれ、陰圧隔離室で寂しく治療を受けて、息を引き取られた患者の方々をみると、本当に心が痛い。病棟の入院患者たちが、ご家族と一緒に過ごす平凡な日常がどれほど大切なことなのかを考えさせられる。

また、新型コロナウイルスと診断された3月3日から40日以上、内科集中治療室に入院した若い患者さんがいた。学校の

サークル活動中に発熱、咳の症状があり、近くのクリニックで抗生物質と解熱剤を処方されたが症状は改善せず、同じ症状が続いた。入院当日には発熱と呼吸困難の症状がひどく、救急処置室を通じて集中治療室に入院した。

この患者の家族も新型コロナ感染者と診断され、別の病院と生活治療センターにそれぞれ入院中だった。患者の低酸素症が悪化したが、新型コロナウイルスの特効治療薬がない状況で、医療陣はECMOと各種の治療を懸命に施し、弱まっていく命の火を、再び起こそうと努力した。これ以上希望がないように見えたケースもいくつか経験した。死の入り口まで近づいた患者をみて泣きじゃくる家族に、最悪の場合は死に至る可能性がある、と説明する医療従事者も感情的に苦しかった。至誠天に通ず、真心が天に通じたようだ。幸いにもその患者は、大変な状況でも強い精神力で命をあきらめず、少しずつ少しずつ状態も良くなったようだった。まだ退院には至らないが、確実に大きく回復した。まるでコロナで大変だった大邱が少しずつ回復する姿のように、医療チームを喜ばせ、満たされた気持ちにしてくれた。

1カ月後、私は新型コロナウイルス患者移送チームの責任者の任務を終え、健康増進センターに復帰した。苦楽を共にした同僚たちが、私にお別れのメッセージを送ってきた。

「初めは怖くて恐ろしくて、到底私がやりますと言う勇気がなかなか出ませんでした。大きなプレッシャーがありましたが、勇気を出して志願し、これまで仕事をしてきました。チームのみんなに感謝しています。みんなが力をくれました。大変で危険な仕事でしたが、これまで楽しかったです。みんなが先生を中心に心をひとつにして行動し、情も移りました。ウ先生

が早期復帰し、チームを離れることになって残念です。私は残って、最後まで最善を尽くします」

「不安を抱いたまま始まった仕事でしたが、もっと不安そうにしている患者たちを見ながら、勇気と責任感が生まれました。何でもない日常に感謝します」

「回避することは罪のようで、こういう時こそ一緒に頑張らなければとならないと思い志願しました」

初めて防護服を着て新型コロナウイルス患者を見た時には、私も感染したらどうしようという漠然とした怖さがあった。しかし時間とともに、私が感染したら、私が看護している患者、周りの同僚、医療従事者たち、そして家族に被害が及ぶと考え、防護服を脱ぎ着する時は、感染しないよう徹底的にマニュアル通りにした。そして病院、家以外に行き来する動線も最小限にした。初めて防護服を着た時の怖さは、防護服が私を守ってくれるのだという安堵感に変わった。電話で、また差し入れのためにいらしたご家族の方がかけてくださった「ありがとうございます」「お疲れ様です」「防護服は暑いと聞きましたが、大変ですよね」という言葉が大きな力になった。

そして最も心の底まで熱くなった「今思うと、医療陣の方は愛国者ですね」という言葉は、ずっと大切にしていきたい。

第3部
新型コロナウイルス断想

友よ、さようなら

チョン・ミョンヒ
大邱医療院　小児青少年科長、大邱市医師会　政策理事

　桜が咲いたあとに新緑が芽吹いた。透き通った明るい日差しが、私たちの忍耐力を試すかのように、美しい春の日を思い出させた。久しぶりにそよ風にあたっていると、携帯電話にメッセージが届いたというアラームが鳴った。画面を開くと、「医学部同期の葬儀」の知らせだった。突然、鋭い痛みに、胸の深いところをえぐられた。数日前から状態が良くないという知らせに心配していたが、「コロナで死亡の開業医、診療過程で感染」。結局、彼は新型コロナウイルスに勝てず、あの空へと先に旅立ってしまったのだ。

　新型コロナウイルスの感染者がピークだった時にも、彼は、長い間、一般外来の患者の診療に尽力していたという。新しく来院した患者の診療だけでなく、新型コロナウイルスでまひした保健所の代わりに、感染者に必要な薬まで処方してあげていたそうだ。彼は、助けなければならない人たちのために、最後まで、身体を壊して倒れるまで診療していたのだ。大邱で、新型コロナウイルスの感染者が一日に数百人ずつ発生し、特に彼の診療室がある地域でも数多くの患者が出た。

　2月に彼の診療を受けた患者の中に、感染者だと診断された人が2例もあったというから、診療のために疲れ切った彼の体は防御力を失ってしまったのだろう。患者の診療過程のどの時

点で感染してしまったのだろうか。結局、彼の体に入り込んだ小さなウイルスとの闘いに勝てず、なすすべもなく、この世からひょいっと旅立ってしまったのだ。

医学部の6年間を共に過ごした同期、人の未来は知りようがないというが、泣いたり笑ったりした彼の姿がありありと目に浮かぶ。少し前、旧正月の連休に家の整理をしていると、医学部の卒業アルバムを見つけた。座ってパラパラと1ページ、1ページとめくりながら、住所録が載っている最後のページに辿り着いた。彼の住所に目がいった。体格がよくて、運動会で韓国相撲の試合があれば、必ず名前の挙がっていた友、桃色のTシャツをよく着て、暑い夏の日に汗を流しながらも黙々と勉強していた、がっしりした体格の彼が、慶尚北道の金泉市出身であることをその時に知った。

故郷を離れ、慶尚北道から大邱広域市にやって来て勉強していた友、彼とインターン時代に会った後は、直接には会っていなかったことに思い至った。これまでに縁のあった人たちにはこれからも1回は会って過ごそうと心の中で決めていたのに、学生時代をともに勉強して過ごした彼に、もう会えなくなった。袖触れ合うも多生の縁であり、考えられないほどの長い時間の縁があってこそ、やっと袖が触れ合う縁につながるのだと言うが、ましてや医学部で6年間同じ教室で勉強し、私が初めて働くことになった医療院でインターンをしていたのだから、彼との縁は非常に深いと言わざるを得ないだろう。寡黙に勉強し静かに自分の仕事をしていた彼、本当に、生まれながらに医者になるべき人がいるならば、まさに無口な彼のことだと思わせる人だった。

大学を卒業し、兵役を終え、同じ大学病院で専門研修したのち、それぞれ自分の場所に帰り、30年余りを過ごした。その間、

なぜか再び顔を合わせることはなかった。大邱と慶尚北道は同じエリアだというのに。近くにいながら、なぜこれほど顔も見ずに過ごしていられたのだろうか。同じ医師の道を歩みながら、どうして近況も知らずにいたのか。インターン生活を共にした仲間が時折彼の話をする時には、私の頭の中にはピンクのＴシャツと、がっしりした体格と、彼の笑顔がありありと浮かんだが、彼に会っていないことを一度も疑問に思わなかった。今はもう、彼を見ることも会うこともできなくなってしまった。

専門研修を受けている時、恩師がいつもおっしゃっていた言葉がある。ご自身がアメリカで研修していたその昔、恩師のそのまた恩師も何度もおっしゃったというその言葉。「医者が一番幸せな瞬間とは、患者の横で死を迎える時」という言葉だ。だから、「いつも患者の横にくっついていなさい」と、毎日、事あるごとにおっしゃったという話を思い返すと、彼は幸せな人間なのではないだろうか。最後まで患者を診ながら旅立った彼は、まさしくこの世で一番幸せな医者ではないか、という気がする。

新型コロナウイルス感染者に対する電話モニタリングのボランティアをしていて、私は彼の奥さん、お子さんと知り合った。ご主人は、お父さんは、患者さんを誠心誠意治療し、その過程でウイルスに感染してこの世を去ることになり、最後まで患者さんを大切にする医者として名を遂げたのだから、それを慰めにしてほしいと、私は慰めにもならない慰めの言葉をかけた。

虎は死して皮を留め、人は死して名を残すというではないか。患者のために誠意を尽くして生涯を終えたのだから、悲しいけれど、それでも無駄ではない最期だったと思わなくてはならないだろう。

この世の門を開け旅立つ最期の時、この世で縁のあった人たちが彼にお別れをするための遺体安置所も設置できず、感染病管理のために密封され、すぐに火葬されたかと思うと、残念で仕方がない。しかし、彼の妻はそれさえも、妻の負担を軽くするための彼らしい思いやりだと受け止めた。一生で、夫婦がこれほど似るというのもなかなかないだろうが、彼の妻の、彼とよく似たもの静かな声を聞き、彼は本当に幸せな人だったのだなと思った。彼が、向こうの素敵な世界で、苦しまずに、心から幸せでありますように。

　同期があの世に行ってしまった日、自分の状況を振り返る。いつ、どこでも、運命に呼ばれたら、旅立つ準備はできているのか。今日が私の最期の日だとしたら、本当に何から準備すればいいのか。この世に残る人たちに何を残し、何を託すのか。最期の一息を吐きながら、愛する人に一言、何と言うべきか。

　新型コロナウイルスに閉じ込められて、日常を失った私たち。この状況が長く続いていることで、だんだんと憂鬱になってくる。「コロナブルー」というのだったか。匂い立つような色鮮やかな花々はひときわ美しく咲き始め、早くも春がやってきたことをあらゆる方面に伝えているが、周りは辺り一面マスク姿だ。顔を近づけず、みんなで集まらず、集会にも参加せずに社会的距離を保とうという、ソーシャル・ディスタンシング運動が続けられている。新しく感染者となる人の数もずいぶん減ったが、これまで気をつけて作ってきた今の状況が、突然音を立てて崩れるのではないかと慎重になる。今はピークを過ぎたが、いつまた勢いを取り戻して燃え上がるかもわからないという不安感で、以前の生活に戻れと言われても気軽にそうはできないだろうと思う。今はもうある程度、日常の経済生活を少しずつ行いながらも、感染が広がるのか広がらないのか、観察

していく時期に入った。いずれにせよ火種が再び息を吹き返さないように、ソーシャル・ディスタンシングが繰り返し叫ばれている。

　気を付けなければいけない期間が繰り返し延長されたので、身体も疲れてしまうが、致し方ない。犠牲となる人を出さずに、何としても無事にこの時期を乗り越えなければならない。万物がよみがえる春の日にこれ以上は我慢できないと、巣からひょいと飛び出して春の日差しを思い切り楽しみ、解放感を得ようとする人たちもなかにはいた。しかしそんなことをしていると、本当に大変なことになるかもしれないのだ。

　コロナによってもたらされた世の中は、それ以前と以後で、はっきりと変わってしまったように思う。コロナで世界が止まっている間、（ロックダウンによる大気汚染の大幅改善により）ヒマラヤの頂上が姿を現し、塵一つない真っ青な空は、私たちへの贈り物のようだった。しかしそれをもたらした新型コロナウイルスは、本当に邪悪な性質のウイルスであり、簡単にはなくなりそうにない。疲れきった国民に今度は「生活防疫」という宿題が出された。

　終わりの見えないソーシャル・ディスタンシングの強行により、人々の日常に疲労感が押し寄せているが、人と人との間に適切な距離を維持することを日常化していかなければ、持ちこたえられないだろう。知らず知らずに入り込んだ新型ウイルスによって大切な人たちを失わないためには、防疫と生活の調和がとれた生活防疫を計画的にきちんと実施していくしかない。

　新型コロナウイルスは、自身は症状を感じない無症状の状態でも、他の人に感染させる場合も珍しくなく、入院患者からは、何の症状もないのに検査をすると陽性が続くのはなぜなのか、検査が間違っているのではないか、とよく質問をうける。そう

いう人もいれば、入院してほぼ1カ月が過ぎようやく陰性結果が出て退院する予定の日に、突然高熱と悪寒に見舞われ、再び救急車で上級総合病院に直行した人もいる。退院の前日には陰性だったのに、運ばれたその病院で実施された検査では陽性だったという。まさに新型だ。

　私たちが一度も経験したことのない新世界だと考えるしか、いまのところ説明のしようがないようだ。特別な治療薬もなく、ワクチンが開発されるまではある程度、長期の時間がかかるため、いつ終息するのかわからない。だから私たちが今できる最善の方法は、まさに社会的隔離をきちんと守ることだろう。朝起きたら歯磨きをして三度の食事を取るように、自然体で過ごし、できるだけ消毒をし、個人衛生を徹底的に行う生活防疫。これを日常化して、一日も早く新型コロナウイルス終息のために、率先して頑張っていかなくてはならないだろう。そうすることで、新型コロナウイルスのために尽力した人たちの苦労と、何の対価も求めず、血と汗と涙と自らの犠牲によって貢献した人たち、患者の世話をして感染し、苦しみながら、家族の顔も見られずに一人で寂しく生を終え、先に旅立った人たちの魂を、少しでも慰められないだろうか。

　残酷な日々のなかで、選別診療所の夜間当直をしながら、しとしとと降る雨を眺めていると、街灯の下の花が蝶になって飛び去った。人は死んだら蝶になるという話がある。手を洗うこと、マスクを必ずすること、適切な距離を空けること、それによって物理的距離は開いても心だけはいつも近くにある、そんな希望の日々になることを願っていると、遠くから友が伝えているようだった。

ホ・ヨング先生をしのんで

クォン・テファン
慶北大学医学部生化学・細胞生物学教室教授

　ああ、哀しいかな……ホ・ヨング先生。

　先生が予期せぬ感染病によって帰らぬ人となり私がこうやって追悼文を綴ることになるなんて、夢にも思っていませんでした。

　人生の大半をひたすら患者のために尽くしてきた先生にどうしてこんな理不尽なことが起こるのかと、誰もが悲しみに暮れています。特に、先生がこの2週間、同じ空の下、医学部から目と鼻の先の大学病院でコロナと闘いながら一人で孤独な時間を過ごしていたという事実を知らずにいた私は、考えれば考えるほど悲痛な思いと自責の念に駆られ、あふれる涙を抑えることができません。

　今日、全国の医療界の多くの先輩や後輩、同僚の方々が先生の訃報に胸を痛め、冥福を祈ってくださいました。今回の新型コロナウイルスとの闘いでは数多くの医師が自ら志願し最前線で患者を治療されましたが、先生もまた人一倍の情熱を持って診療にあたられた戦士でした。先生は尊敬に値する、皆の素晴らしい手本となられた方でした。ですが、私をはじめ若いころ先生と苦楽を共にした慶北大学医学部内科研修医の同期たちは、先生が死して全国から尊敬や追悼の念を集めるよりも、ただこれが荒唐無稽な嘘であってくれたほうがどれほどよかった

かと思うばかりです。

　先生、私たち母校の大学病院がある三徳洞^{サムドクトン}に来るのは久しぶりだったでしょう？　ここで私たちは内科研修医として人生の新しいスタートを切り、同期たちと支え合って勉強し診療を行いましたね。あれから長い年月が流れましたが、先生はきっとこの場所で私たちとの思い出を回想しながら2週間、孤独に病魔と闘っていたのでしょう。昨日まで先生がいたのはほかでもなく、30年前に私たちが明るい笑顔と笑い声で日々を過ごした、まさにその場所でした。

　　「内科に入局して30年が経った今でも目を閉じれば私たちだけの空間『懐かしの医局3年目の勉強部屋』が見えるようです。専門医の試験や論文へのプレッシャーの中でも互いを思いやり、顔を見るだけで笑顔になれた私たちだけの幸せな空間。数多くの患者の資料を見ながら熱心に議論し勉強した場所。もしもタイムトラベルができるなら、慶北大学病院内科で夢やロマン、笑いを追いかけていた若く活気あふれる、あのころの私たちの姿をもう一度見てみたい」

　これは1989年に内科研修医となった私たちが最近書いた文章の一部で、慶北大学医学部内科100年史にも掲載されました。この一節は先生も気に入っていましたよね。今日はその末尾にぜひとも、もう一文書き加えたいと思います。

　「ホ・ヨング先生。医局の勉強部屋のドアを開けて入ってくるときの、あのいつもの明るい笑顔を今日もまた見たくてなりません」

　もしもまたあのころに戻れるなら、私は先生に「2020年の春になったら診療はしばらく中断して、どこか遠くでツツジやレンギョウの花など見ながらゆっくり過ごしてきてください」と

強く勧めることでしょう。

　でも私の知っている先生はけっして特別な理由なしに診療を中断されるような方ではなかったので、私が必死で頼んでも聞き入れてくれなかっただろうと思います。先生は訪ねてくる患者一人ひとりに最善を尽くす、純粋な、生まれついての医師でした。

　研修医時代、先生が内科の一般外来で診療されていたときのことが思い出されます。先生は職員の退勤時間になっても診察を終えられないことが多く、なかなか帰れない職員たちの不満を買うほどでした。同期で食べに行く夕食にも先生は参加できないことが多かったですよね。暑い夏には大きな体に汗をかきながら患者の話にじっくり耳を傾け、遅い時間まで熱心に診療にあたっていた様子が思い浮かびます。患者の話を親身になって聞こうとしていたその姿勢こそが、私の記憶の中の先生の姿です。

　内科研修医同期のキム・グァンウォン先生は「大きなおなかではち切れそうなのにいつも白衣のボタンをきちんとかけていたあのおおらかな姿と、気が弱そうに見えるほど純粋で優しい性格、そしてそんな彼にとてもよく似合う訥々とした慶尚北道金泉の方言が恋しいです。電話するたびにまた会おうと言いつつ、なかなか会えないまま結局二度と会えなくなってしまったので、ずっと悔いが残りそうです」と悼んでいました。キム・ソンロク先生は「大学に一緒に通った同期がこんなにあっけなく逝ってしまい、今はショックで言葉が出ない」と先生の死を惜しみ、今も深い悲しみの中にいます。

　先生の訃報を伝える新聞記事に、奥様の「ただひたすら患者さんのことだけを思い、熱心に診療にあたっていた親切なお医者さんでした」という言葉が紹介されていました。新型コロナ

ウイルスの感染者数がみるみる増えていった2月末の慶尚北道慶山市。間違いなく診療室には高熱や咳の症状のある患者が押し寄せていたはずなのに、先生は普段どおり黙々と、忠実に診療にあたっていました。それが医師の宿命であることはよくわかっていますが、悲しくも先生の大切な命を奪う原因となってしまいました。

　多くの方々が先生の死を悼んでいます。今日は大統領も先生のことに触れ、国民に追悼を呼びかけられたのですよ。慶山市に住む若い学生たちも先生をしのんで、診察してもらった思い出をブログに書いているくらい、先生はこの社会になくてはならない存在でした。

　先生をこんなにあっけなく失ってしまった私たちの喪失感は、とても言葉では言い表せません。ですが、先生の志を忘れないため、そしてこの社会をより健康で平和なバランスの取れた共同体にするために、私たちは力を合わせていきます。

　この悲しい春に出会うすべての人々に先生についてたくさんお話しして、先生が伝えたかったであろうお気持ちも代わりに伝えます。どうか安らかにお眠りください。そして……いつか私が先生に会いに行くときは必ず、先生があれほど好きだったコーラを1本持っていきます。そのときまでどうか安らかに。

2020年4月4日

2020年4月5日付「東亜サイエンス」ウェブサイト掲載記事

　患者の診療中に新型コロナウイルスに感染し、闘病の末亡くなった内科医を追悼する空気が医療界だけでなく政界や社会全体へと広がっている。大韓医師協会は4月4日、

ソウル市龍山区の同協会臨時会館7階大会議室で、新型コロナウイルスにより命を落とした故ホ・ヨング院長を追悼するため黙祷を捧げたと明らかにした。

協会はこれに先立ち3日に発表したプレスリリースで「本日、新型コロナウイルスに感染した医師会員1人を失った。地域社会に新型コロナウイルスの感染が広がる中、毅然と患者の診療に尽力していたところ同ウイルスに感染し、症状悪化により集中治療室で治療を受けていたが、ついに病魔に打ち勝つことはできなかった。耐えがたい悲痛な思いで13万人の医師とともに故人の冥福を祈る」と伝えた。

慶尚北道慶山市で内科医院を運営していたホ院長は2月26日、外来診療中、感染患者と接触したあとに肺炎の症状が現れ、慶北大学病院に入院し治療を受けていたが、心筋梗塞などの合併症により亡くなった。新型コロナウイルスによって医療従事者が死亡した初のケースだ。鄭銀敬中央防疫対策本部長は「死亡者は新型コロナウイルスによる重度の肺炎を起こしており、肺炎の治療過程で起こった心筋梗塞の治療を受けていたことから、現時点では新型コロナウイルスに関連する死亡と判断している」と説明した。

協会は「故人は慶山市で内科医院を開業し地域住民の健康を守るべく医療活動を行ってきた素晴らしい医師だった。医師としての使命を全うした故人の高い志に、13万人の医師とともに敬意と深い哀悼の意を表し、ご遺族の皆様に謹んでお悔やみ申し上げる」と伝えた。また、協会は会員たちに「4月4日土曜日正午に診療室や手術室、自宅など各自のいる場所で1分間黙祷し、故人の冥福を祈ってほしい」と呼びかけた。この黙祷は同日正午に全国各所で捧げ

られた。政府も故ホ・ヨング院長を追悼した。権埈郁副本
部長は4日午後、忠清北道五松で開かれた定例記者会見で
「新型コロナウイルス患者の診療中に感染した医療従事者
が犠牲になるという痛ましいことが起こった」と、ホ院長
の死を悼んだ。文在寅大統領も4日、Facebook上で哀悼の
意を表した。文大統領は「新型コロナウイルス患者の診療
中に感染した医療従事者の中から初の犠牲者が出るという
非常に残念なことが起こった。愛惜の念に堪えず悲痛な思
いだ」と伝えた。

新型コロナウイルスと恐怖

パク・ジェユル
中央耳鼻咽喉科医院院長

　私は清道で生まれ、大邱で高校と大学を卒業し、現在は大邱で耳鼻咽喉科の開業医をしています。昨今の事態を受け、山紫水明の地である故郷の清道がゾンビタウン扱いされ、私の住む大邱を訪問した人は2週間にわたって隔離され、ソウルの大学病院では大邱からの患者を受け入れもしないという、とんでもない状況に怒りを禁じ得ません。

　こうした一連の状況は果たして正常と言えるのか。もしくは恐怖による過剰反応なのか考えてみました。清道で集団感染が発生し、多数の死者が出たのは、清道テナム病院精神科の閉鎖病棟が原因と見られています。精神科の病棟という特性上、全国各地から来た患者が5年から20年にわたって入院しているケースが多く、これに伴う基礎疾患のために免疫力が低下した状態での感染が致命症になったと考えられています。精神科病棟の特性上、閉鎖された空間に集団がいたという環境も追い打ちをかけたのでしょう。

　しかし、清道の親戚の誰かが新型コロナウイルスに感染したという話は一切聞いていません。単なる恐怖心からすべての都市機能が停止し、町はゴーストタウンと化したそうです。

　大邱でもこうした現象を目にします。飲食街はほとんどの店

が臨時休業中、自営業者は従業員をクビにし、生き残るために必死にもがいています。当たり前の日常は姿を消しました。たくさんの人がこうした状況を目の当たりにし、自分は長生きしすぎたのだろうか、こんなことが起きるなんてと呆然自失の状態です。コロナで死ぬんじゃなく、このままじゃ飢え死にだと自嘲しています。

　こうした一連の行動は果たして正しかったのかと反問するようになりました。ご存じのとおり、今回のコロナウイルスは新たに見つかった新型です。風邪の原因となる三大ウイルスには、コロナウイルス、アデノウイルス、ライノウイルスがあります。

　コウモリ由来の可能性が高い新型コロナウイルスが、不治の疫病が発生したという恐怖の糸口になるのは当然だと思います。しかしこれまでの調査によると致死率は低く、むしろ新型インフルエンザよりも症状はかなり軽いと言われています。死亡者も基礎疾患を持つ人がほとんどで、ある意味、風邪やインフルエンザでも亡くなっていたかもしれない高齢者だと考えられます。普段から健康な人なら、疲れからくる軽い風邪くらいの症状で済むと見ることもできます。

　ただ伝播力はインフルエンザの2倍から3倍に達すると言いますから、こうした点は注意が必要になると同時に、感染者のごく一部は症状が急速に悪化して、死に至る可能性もあるとのことなので警戒が必要です。

　大邱が新型コロナウイルスの集団発生地という汚名を被ることになったのは、新天地イエス教会の信者による急速な感染拡大が主な原因と見られています。しかし振り返ってみると、それだけではないはずです。

新天地イエス教会信者の全数調査、無症状者であっても検査の実施、そして大量の検査が可能な大邱の最先端医療、これを可能にした献身的な医療陣などがひとつになって作用した結果だと考えられます。実際に新天地イエス教会の信者は光州や京畿道、江原道などにも多く存在していると言います。

　新型コロナウイルス感染の有無をこれほどの短時間で調べられるのは、世界でも韓国だけだと確信しています。また透明性が高い検査結果の公開は感染者数が多い理由となっていますが、同時に私たちの誇りだとも思っています。果たして日本やアメリカで、こうした大量の検査と迅速な結果の公開が可能なのか、また意図的に検査を実施していないから感染者数が少ないのではないか、という疑念を抱いています。

　ベルナール・ウェルベルは自身の著書で、恐怖心について次のように述べています。

　1950年代、貨物を積んだコンテナ船がスコットランドからポルトガルへと向かっていました。そこで、ある船員が冷凍コンテナに閉じこめられる事故が発生したのです。当然、船員は凍死しました。ところが驚くことにコンテナの中に貨物はなく、冷凍装置も作動していない状態で、温度は摂氏19度ありました。船員は冷凍コンテナの冷気ではなく、寒すぎるという妄想、恐怖によって死亡したのです。

　しかも死の間際、彼は冷気で死んでいく苦痛を詳細に記録していたと言います。

　このように適度な不安は事故や病を回避するのに必要不可欠なものです。しかし度が過ぎる恐怖はなんの役にも立たない、百害あって一利なしということを意味しています。

私は耳鼻咽喉科の医師として、呼吸器疾患の最前線で働く医師として、一日に何度も風邪をひいた患者の口と鼻を覗きこみ、治療をしています。ですが個人衛生の心得をきちんと守ることにより、何度か風邪をひいたことはありますが、開院して20年のあいだインフルエンザにかかったことは一度もありません。もちろん運がよかったからだと言えるかもしれませんが、風邪やインフルエンザ、SARS、MERS、新型コロナウイルスなどはすべて伝染性疾患で、充分に予防が可能な疾患であるという反証だと思っています。

　手洗いやマスクの着用、普段から健康的な生活習慣を守っていれば、新型コロナウイルスに感染することもないでしょうし、万が一感染したとしても容易に打ち勝てると信じています。

　すべての自営業者が破たんする前に、市民は過度に怯えることなく、おおらかに対処して、まずは不況に喘ぐ市民から救いましょう。病に対する適度な警戒心は、この厳しい時期に必要不可欠な習慣でしょうが、度が過ぎた恐怖心はかえって共倒れへの道になります。

　病気予防は重要ですが、もし感染したとしても、世界一の大邱医療陣がいます。信じてください。

　大邱・慶尚北道の人間はまるで細菌の塊のように扱われていますが、この時期が過ぎれば大量の検査、検査の速度、透明性の高い感染者の公開、優れた医療施設や献身的な医療陣、市民の毅然とした対応によって、世界から称賛されるメディシティ大邱の市民に生まれ変わると信じています。

　大邱・慶尚北道の偉大なる市民は今回の危機を必ず克服し、我らが大邱・慶尚北道を再び輝かせてくれることでしょう。

　大邱・慶尚北道、頑張れ！

実に運が良かった

キム・ソンホ

嶺南大学病院院長

　今年2月1日、娘が結婚式を挙げた。何人もの人が、2日前から風邪の症状があって行けない、ソウル・京畿地域から新型コロナの感染者がいない大邱に行くのを遠慮するなどと連絡を寄越してきた。手指消毒用エタノールは準備したものの、列席者が少なくて式が台無しになるのではないかと心配した。しかし、結果的にはたくさんの方々にお越しいただいて、無事に式を終えることができた。婚礼の後、娘たちが新婚旅行に発つ時も、大邱はもちろんのこと、国内に新型コロナウイルスが拡散しないことを願っていた。その時、大邱ではまだ感染者が確認されていなかった。私はとても運が良かった。

　わが嶺南大学病院は、国内3人目の患者が確認された1月26日、新型コロナ危機対応チームを結成して選別診療所の運営、病院の出入口管理、教職員や訪問客の発熱チェックを始め、また教職員に対して海外旅行を自粛するよう促した。核心となる診療スタッフに関しては週52時間勤務制の例外適用を保健福祉部に要請し、定期的に対策会議を開いて大量の患者が発生する事態に備え、段階的な隔離病室運営方案も立てた。外来発熱診療や新型コロナウイルス検査の準備を整えたり、陰圧テントや〔感染者を移送する〕陰圧カートを購入したりしながら、大邱に起こる事態を鋭意注視していた。私たちは備えができていた。

運に恵まれていた。

　2月18日、危惧していたとおり、大邱で最初の感染確認者である国内31番目の患者が出た。2月20日に院長室横の大会議室に新型コロナ非常状況室を設置し、診療支援チーム、行政支援チーム、総括運営チーム（感染管理チーム）を編成した。そしてすべてに関する意思決定を一カ所で迅速に行えるよう、私が状況室長となって一心不乱に対応した。最初の戦闘が始まった頃、来院する感染者のほとんどは2月18日以前に感染した人だから、その時までにわかっていたウイルスの特性からして3週間我慢すれば、その後はきっと減少するはずだと督励した。市民が成熟した市民意識を発揮し、徹底的なマスク着用と外出自粛を実行してくれたおかげで、3月第2週が過ぎると、陽性と確認される人の数が減り始めた。運が良かった。

　2月20日、市庁別館で大邱市長主宰の関係機関対策会議が開かれた。大部分の大学病院救急室が閉鎖され、また多くの医療関係者が隔離されたことにより、新型コロナ以外の重症救急患者治療にも問題が生じていたので、医療関係者隔離や医療施設閉鎖の基準を緩和するよう要請した。2月21日、市庁での会議で大邱医療院と大邱東山病院が新型コロナウイルス感染症専門病院に指定され、各医療機関は、医師や看護師を送るよう要請された。2月21日から本格的に新型コロナ選別診療を始めたが、感染が疑われる人の数は爆発的に増えるのに、これまでの検査では1日に数十名しか検査できないから新しい方式が切実に必要だった。その時、副院長と総務部長が、ドライブスルー選別診療所を設置しようと提案した。すぐに準備に入った。既存の方式では1名検査するのに20分以上かかるのに対し、ドライブスルー検査は2分以内で可能だ。さらに、検査する人とされる人の接触を減らすことができるし、検査される人のプライバ

シーも守れ、検査チーム員の安全も確保できる。検査場はテントではなく、強風が吹いても検査ができるよう堅固なコンテナを4つ設置して、これを〈YUスルー〉〔YUはYeungnam University（嶺南大学）の略〕と名付けた。私たちは国内外のマスコミの関心を集めたこの方式により、7,000件以上の検査を行った。一部では選別検査を制限しようという声もあったけれど、伝染病の特性からすれば迅速な検査と隔離が必須だという主張が支持され、受け入れられた。運がよかった。

病気の特性上、陰圧室での治療が原則ではあるが、患者数が急激に増加したため、症状に応じた治療を提案した。無症状や軽症の患者は自宅（医師が電話で相談に応じたり診療したりする）や生活治療センターで隔離し、症状が少し重ければ隔離病室、重症になれば上級総合病院重症患者室に入院させ、地域の重症患者室がいっぱいになったら、他地域の上級総合病院に転院させて治療を受けさせるべきだと主張した。すべての患者を医療機関に入院させようという行政当局の意見と対立もしたけれど、結局、3月2日には政府が生活治療センターを開いて、患者の隔離治療が始まった。2月29日までは、他地域の医療機関に転院するのに地方自治体の許可が必要だったのを、私が提案して、国立医療院に転院状況室を設置し、これを通じて医療機関間で直接転院できるようにした。これに関しては保健福祉部のN室長がずいぶん助力してくれた。運に恵まれた。

最初に隔離病室に勤務する看護師を募集した時は、2時間で募集人員を超過した。そうして志願してくれた看護師、選別診療所勤務や隔離病室の夜間当直に志願してくれた教授と研修医、寒い中で選別診療に当たった看護師・臨床病理士、押し寄せる人で息つく暇もなかった診断検査医学科の科長とチーム員たち、隔離病室治療チーム、看護チーム、応急センターの医療

従事者、必要な物品調達を担当した行政チーム、栄養面での支援をした栄養チーム、状況室の感染管理チーム、ボランティアの看護師や医師などの方々の積極的な協力により、当院は選別検査をもっとも多く行った医療機関となった。また当院は、隔離病室と隔離重症患者室の両方を運営した病院、自宅隔離中の患者に電話診療を行い宅配で薬を送った病院でもある。新型コロナウイルス感染症患者の診断と治療、重症患者の管理、自宅隔離患者の管理などあらゆる面において、大邱と慶尚北道の人々を助けることに積極的な対応をした医療機関であることに、私たちはプライドを持っている。経済的な理由でためらっていた住民には無料の選別検査も行った。こうした病院に所属していた私は、ほんとうに運が良かった。

　当院には昨年12月に新築オープンした圏域応急医療センターや既存の圏域呼吸器疾患センターなど、設備の整った施設があった。また、毎日SNSを通じて全職員に新型コロナウイルス感染症の状況を伝え、徹底的な感染教育を実施した。〈国民安心病院〉に指定され、一般患者や教職員を新型コロナ陽性患者から徹底的に分離したので感染した教職員が少なく、医療関係者の隔離や医療施設閉鎖は最も少なかった。すべてにおいて運が良かった。

　私たちは今回さまざまなルートを通じ、感染レベルに合った防疫体系の樹立が必要であると何度も政府に提言した。これからも運に恵まれることを期待している。私たちはこの2カ月間、一致団結して新型コロナウイルス対策に最善を尽くした。病院の仲間たちと共に働いてきたこと、今も共に働いていることが誇らしい。私はこれまで実に運が良かった。

　頑張ろう、私たちは勝つ！　大邱は勝つ！　必ず勝つ！

西部戦線異状なし

クォン・ヨンジェ

第2ミジュ病院診療院長、精神健康医学科専門医

　ひと月前、当院の階下にあるテシル療養病院で大勢の患者が新型コロナウイルスに感染した。次は同じビルの上の階を使っている当院の番だろう。当院なりに感染を防ぐあらゆる努力をした。疾病管理本部が当院職員に全数検査した際の結果は全員陰性だった。職員たちは飛び上がって喜んだ。精神科医の私は医師とはいえ感染症については見識がないため、職員全員陰性という結果だけで詳しいことは分からないままただ喜んだ。職員全員お祝い気分で昼食にハンバーガーパーティーまで開いた。しかしその喜びもつかの間、二日後1人の患者が発熱した。新型コロナウイルス検査の結果は陽性だった。その次の日にも3人発熱し、検査結果はまたもや陽性だった。そこでようやく職員をもう一度検査することになり、入院患者も全員検査した。検査の翌日結果を見ると職員3人、患者19人が陽性だった。その翌日からは毎日のように感染者が増えていった。4月6日には職員約10人を含め感染者は185人に上った[†]。

---

†）大邱広域市達城郡多斯邑に所在する精神科病院の第2ミジュ病院で2020年3月26日最初の新型コロナウイルス感染者が発生。その後感染者が急増すると多くの患者が大学病院に移送され、病院に残った患者と医療従事者、職員全員がコホート隔離された。2020年3月18日、同じビルの階下にあるテシル療養病院で患者が発生して8日後のことだった。2020年4月11日、第2ミジュ病院の入院患者を全数調査したところさらに4人が陽性と診断され、感染者は190人に達した。テシル療養病院でも98人が陽性と確認された。4月11日現在、第2ミジュ病院に残っている患者111人、医療従事者29人がコホート隔離中である。

その日の夜から職員の通勤が禁止され、全員病院内でのみ過ごすように指示された。関係当局からコホート隔離（Cohort Isolation）[1]が命じられたのだ。疾病管理本部から基本的な衛生用品が支給されたが、隔離されている人数に比してあまりにも足りなかった。市役所と保健所が食事を提供してくれるが、一日に昼食と夕食の2食だけだった。

　すぐに病室からは防疫用マスクが足りないと悲鳴があがった。勤務時間中はN95マスクを着用するように提供されたが、報道されているようにこのマスクはウイルスの侵入を防ぐ高機能マスクなので、ゴムがきつく締まるようになっている。使っているうちに顔の皮膚が擦りむけ、ゴムが食い込んで腫れてくる。日課を終えてもこの難儀なマスクをしたままで過ごせと言われ、言葉が出なかった。職員と患者を全員検査し、全員が2回連続で陰性になってはじめてコホート隔離が解除される。いったいいつになったら解除されるのか？　終わりが見えないなか、職員は命をかけて業務に当たらなければならなかった。

　さらに経済的な問題が大きくのしかかってきた。さっそく今月職員に払う給与が足りない。不足分は政府が補ってくれるというが、半分以上の患者が病院を去り、職員が10人以上も入院し勤務できない当院にも果たして補償はあるのだろうか？　入院中の職員は無給で休職している。コホート隔離中の院内は患者と職員が互いにウイルスをうつしたりもらったりしながら過ごしているありさまだ。これでは運良く新型コロナという病魔を避けられたとしても、絶望しか見えてこない。飢え死にしそうである。零細な企業とも言える中小規模の病院の脆弱な財政

1）同一集団隔離。同じ病原体に曝露したり感染した患者群（コホート）が一緒に配置されている病室や病棟を丸ごと閉鎖すること。

がこの危機的状況で病院経営を圧迫してくる。

　私は年齢を理由に新型コロナ感染のハイリスク群に分類され、病院にとどまらないで自宅隔離するように指示された。その夜帰宅する道すがら今を盛りと咲き誇る桜を見た。ところが今日窓の外を眺めてみると桜はすべて散り、モクレンの花も終わってしまっている。代わりにイヌリンゴやシジミバナが満開だ。今すぐにもあの日に戻って外を散策したくなる。

　自宅隔離の期間が長くなると思考と感情に異常が生じる。私も初めは当然隔離対象だと思っていた。ちょうど仏教では夏安居〔僧侶が夏の間外出せずに一所にこもって修行すること〕の期間でもあり、この機に私も座禅でも組んで、書物を読み文章を書き、仙人のように過ごそうと喜んだ。自宅隔離は私の一存では決められないが、災いついでに休息しようという心算だった。しかしいったい私がどんな過ちを犯して自宅に軟禁されるのか？　時間が経つにつれ怒りがこみ上げてきた。私は全斗煥時代の金泳三か？　強制的に自宅に閉じこめられて……。私も被害者なのになぜ強制的に収容されなければならないのか？　ありとあらゆる考えが浮かんだ。金泳三は国民に応援されたのに、私には見舞い品や激励ではなく関係当局から監視の電話が1日2回かかってくる。一歩も外に出られないので、早朝に一人階段を上り下りするなど運動したくても叶わない。座禅を組んでも集中できない、本を読んでも頭に入らない、音楽も長時間は楽しめない。思考と情緒が混乱してきた。思考が歪み、感情が激しく揺れ動く。

　友人たちが見舞いの電話をかけてきても出ない。何もかも面倒くさい。私はカフカの「変身」になった。出されれば食べ、ただただ座ってテレビを見て、ひたすら寝て、とても退行し、それこそ一匹の昆虫になった。普段は利己的な人間を揶揄し、上

求菩提　下化衆生[††]だけが男子の道だと壮語していた私が、こんなにみすぼらしい姿で他人の顔色ばかりうかがっていることが情けなく哀れだ。年齢のせいで自宅隔離対象になったが、指示に従わずに職員たちと一緒にいることを選ばなかった自分をいまいましく思う。妻も規則を守ると言って、私をウイルス扱いし、食事も別々に、話すときもマスクをつける。なんと嘆かわしい。萬化方暢〔暖かい春の日に万物が盛んに育つ〕の麗しい時節、桃李桜花〔桃、スモモの花、アンズの花〕を愛でつつ山に登り、旅行もし、一献傾けるのが人生の楽しみではないのか。

　友人や同僚は退屈しのぎに私に電話をかけてくる。彼らは「まだ症状は出ないのか？」「陽性になったのか？」「元気か？」と様子を聞いてくれるが、私には恨めしいだけだった。私の病院の職員たち、中でも隔離病院に患者として入院している人は死を意識し、病室で患者をケアしている人はベッドがないので床にマットレスを敷いて寝ている。狭い病院がいきなりコホート隔離施設になったのだからシャワー施設も足りないし、顔を洗うときも水でちょっと濡らして終わりだ。若い女性職員なら化粧品や女性用品が必要だろうに、それに気づいて用意してあげる人もいない。何日経っても食事は弁当のままだし昼食と夕食だけだ。北に併合されてアオジ炭鉱〔北朝鮮・咸鏡北道慶興郡（ハムギョンブク　ド　キョンフン）にある褐炭の炭鉱〕に連行されるのはこんな気分だろうか。様子を聞いてくる友人と話した後、電話に向かって「おまえら、運のいい奴め」と独り嫌味を言ってやる。

　エーリヒ・マリア・レマルクの小説『西部戦線異状なし』で主

††）仏教において上求とは真理を追求する、下化は衆生（命あるもの）を教化するという意味である。大乗仏教で修行の主体である菩薩は修行の目標を自利と利他に置くべきであるが、懸命に修行精進し、釈迦が成就したものと同じ悟りを得ることであり、下に剥けては衆生を教化し、真の知恵と慈悲の人生を導くことである。自分にも他人にも有益であるという共同体的精神を表現した言葉だ。

人公パウルが戦死した日。彼は一介の兵士に過ぎなかったので、その日の司令部報告にはたった一行「西部戦線異状なし」と記された。彼は誰かの貴重な息子であり、愛しい恋人であり、そして前途洋々の貴重な若者だ。しかし戦争においては一つの部品に過ぎない。当院の職員も両親にとっては大切な子供であり、幼い子供たちのお母さん、お父さんであり、配偶者にとっては妻と夫である。かけがえのない存在だ。しかし彼らを記憶にとどめる人はいない。彼らが病気になっても、あるいは死んだとしても「大邱の新型コロナ発生は減少傾向」という記事が目にとまるだけだ。「鷹骨折って旦那の餌食」〔苦労した人は別にいて、その報奨は他の人がもらう〕ということわざが頭に浮かぶ。

　大統領と疾病管理本部長が黄色い服を着てマスコミの前で悲しげな表情をすると、国民は「なんとありがたい人たちだ。投票するならあの人たちだ」と拍手を送る。見知らぬ国からも「新型コロナを抑えた秘訣を教えてほしい」と電話がかかってきたと報じられる。誰かが拍手を享受しているいまこの時も、戦場では一兵卒が死んでいく。隔離された部屋に閉じ込められたまま、手柄は全て彼らのものだと馬鹿騒ぎするニュースを見ていると、憤りを覚える。数日後ウイルス検査で陰性が出れば、私もウイルスとの戦場にまた投入される。

　"To be, or not to be, that is the question."

　独りつぶやく。

職員から患者へ

キム・ソンマン

慶北大学病院　医療事務課長

「キム課長、昨日コロナの検査を受けに来た人を案内したって言ってましたよね。どの人のことですか？」

2020年3月3日午後4時40分、電話越しに感染管理室の職員の緊迫した声を聞いた瞬間、何かまずいことが起こったなと直感した。私は、新型コロナウイルスの感染が疑われる人を受付の段階で選別し職員を感染から守る第一線の部署長から「コロナ患者」へと変わり、それまでと正反対の立場に立たされることになったのだ。自分が感染源となって病院をまひさせる可能性を思い、うろたえた。症状が現れた1日（指針が変更され現在は2日）前からの濃厚接触者は隔離の対象になるとのことで、感染管理室からは3月1日からの行動歴や接触した人、マスク着用の有無を事細かに聞かれた。

私の場合、同居する妻と娘が濃厚接触者にあたり、2日前に訪ねた老母にも感染リスクはあるとされた。コロナ感染者の80%は無症状か軽症で済むが、中には重症化し死に至るケースもあるという。私はどちらのケースになるのか。高血圧や慢性疾患のある老母が感染したら持ちこたえられるだろうか。家族全員がそれぞれ別々の場所で治療を受けることになりやしないか。いろいろなことを考えて夜も眠れなかった。幸い翌日、家族全員が陰性という結果が出た。院内での接触者として検査を

受けていた同僚も全員陰性。マスクを着用し会食は避けるなどの原則を守っていたおかげで、隔離しなければならない人は1人も出なかったと聞いた。

　私が感染を知らされた翌日午後には、大邱市医師会の医師から電話があった。医師は私の健康状態を問い、これから毎日電話して相談に応じると言った。毎日、数百人の感染者が新たに確認され自宅隔離者だけで2,000人を超えるという混乱の中でも、基本的な医療システムは機能しているようで、少しはほっとした。3日目の3月5日、国軍大邱病院への入院が決まったと大邱市から連絡があった。翌6日金曜日の朝、救急車に乗って慶山市河陽（ハヤン）にある軍病院へと移動した。自宅隔離による不便さと、家族たちを感染させるかもしれないという心理的負担から解放され、もし症状が悪化してもすぐに対応してもらえるという思いにほっとした。

　軍医官による問診と肺のCT撮影のあと、肺炎と診断された場合には個室、そうでない場合は4人部屋の集団隔離室に入るようになっていた。私の入った4C病棟には4人部屋が8部屋あった。リハビリ室だった空間をパネルで仕切った急ごしらえの病室で、部屋を陰圧にする機械は設置されていたがトイレと洗面台はなかった。廊下の端にあるトイレと洗面所をその病棟の32人が共同で使うのだが、洗面所には洗面台3台とシャワーブース2基しかなく、しょっちゅう排水管が詰まって水があふれていた。コロナ患者の爆発的な増加に対応するため、もともと98病床だった軍病院を303病床に変えて国の感染病専門病院に指定し、看護士官学校を卒業したばかりの看護将校75人などを投入し運営していた。病棟の患者は私以外みんな20〜30代に見えたが、信者の集団感染が起こった新天地教会の礼拝出席者を全数調査していたころだったので、その理由もなんとな

く察せられた。

　病院での日課は朝7時の起床に始まり夜10時の就寝で終わる。毎日朝8時と夜7時に体温と脈拍、血中酸素量を自分で測定し、症状の有無とともに携帯電話のショートメッセージで報告していた。食事は3食とも外から取り寄せた弁当が配られ、朝食は粥だった。医療スタッフは薬を配ったり検体を採取したりするとき以外は患者とは対面せず、用件は携帯電話の通話かショートメッセージでやり取りした。新型コロナウイルスは治療薬がないので、熱が出たら解熱剤、筋肉痛があれば鎮痛剤のタイレノールといった対症療法を行うのみ。患者は自己免疫力だけを頼りに自分で回復しなければならなかった。私は入院4日目まで軽い喉の風邪の症状があるだけで、体温や脈拍、血中酸素量は入院中ずっと正常だった。私には目立った症状はなかったが、感染後7～10日ほどで状態が急変し人工呼吸器を使うケースもあると聞いていたので、入院後しばらくは気を抜けなかった。だが、時間が経つにつれ自分は無症状のまま回復するだろうという確信が湧き心に余裕ができると、自分の感染経路を推測してみるようになった。

　職業柄、日々数え切れないほどの患者や来院者と顔を合わせていたが、中でも3月2日、私が来院者の出入りを制限する業務を担当していたときにコロナの検査を受けにきたベトナムからの入国者のことが脳裏に浮かんだ。その人を選別診療所に連れて行く途中、私はフェンスの扉に何度か手を触れた。その扉は普段閉まっているので、通るためには触れざるを得なかったのだ。そしてその手で、ある職員が差し出したラミネート加工された紙を受け取った。そのあと手は洗ったのに紙は消毒しないまま触っていたことが思い出された。確認してみると、その日私がフェンスの扉に触れた時間帯にそこを通った人から採取

した検体のうち4件が陽性だった。その夜は少し体がだるく、翌日は軽い喉の痛みがあったので、もしやと思い検査を受けたら陽性だったのだ。断定はできないが、新型コロナウイルスは硬い物質の表面では数日間生存できるらしいので、扉やラミネート加工された紙を介して感染した可能性は十分にあり得るだろう。

　入院生活も1週間が過ぎると窮屈になり、やがて退院だけを心待ちにするようになった。何の症状もないのでウイルス検査をしたらすぐにでも陰性の結果が出るように思えた。当時、保健福祉部の指針で隔離を解除できるのは、発熱がなく、症状が改善し、PCR検査を24時間空けて2回実施しどちらも陰性だった場合と決められていた。私が最初の確定診断を受けてからもう2週間が経っていたのに、PCR検査をしてくれる気配はみられなかった。トイレに1回行くだけで8回もドアノブに触れるという劣悪な環境では患者同士の感染が心配で、手の皮がむけるほど消毒していた。慶北大学病院の運営する生活治療センターでは入所後1週間から検査を行い順次、退所させているという話を聞いていたのでじりじりする思いもあったが、私のために力を尽くしてくれている医療従事者のことを思うと不満を表すわけにはいかなかった。

　外の世界から完全に隔離されている孤立感となすすべもない無力感に気力を失い始めていた3月21日土曜日、入院から15日経ってやっとPCR検査が行われ、翌日の夕方、陰性という結果が出た。私のいた病室では2人だけが陰性で、陽性となった同室者は失望のあまり叫び声を上げていた。人は隔離されて2週間ほど経つと壁に向かって話しかけるようになるがそれは正常の反応で、もし自分の話に壁が返事をするようになったらいよいよおかしいという笑い話がある。実際、軽症や無症状の患

者にとっては、病気によるストレスよりも隔離によるそれのほうが大きいと感じられた。2回目の検査は月曜日を挟んで3月24日火曜日に行われ、幸いこれも陰性。26日木曜日に退院することができた。監獄から釈放される気分だった。

　コロナで世の中が混乱している今、何をしてもらうのが病院にとって一番ありがたいかという質問に対し、病院の職員たちが「皆さんが新型コロナウイルスに感染しないことが一番ありがたい。皆さん、気をつけてください」と答えていたのがずっと耳に残っている。職員たちもコロナとの闘いの初期で「戦傷」を負い軍病院に運ばれるケースが多かった。残念なことだし申し訳なくも思う。

　今回、普通ならめったにないような経験をしたが、国が私や家族にもしっかり対応してくれたことに大きな感謝と誇りを感じている。力になってくれた家族、回復を祈ってくれた同僚や知人にも深く感謝する。未曾有の国家的な災難を前にして国民の生命を守るべく最善を尽くして任務に当たってくれたすべての方々に、患者として感謝する。特に私を治療してくれた国軍大邱病院の医療スタッフと関係者の皆さんに、この場を借りて感謝の気持ちを伝えたい。

ごく普通の人

慶北大学医学部教授、大邱第1、第2生活治療センター　前センター長

　新型コロナウイルスの陽性が確認された人の数が爆発的に増加し、ウイルスに対する恐怖が蔓延していた3月2日、わが国最初の生活治療センターとして大邱第1生活治療センター〔中央教育研修院の建物〕が開かれた。その日の午前、全国から志願してきた救急隊員が、家で自主隔離していた感染者を救急車で運び始めたけれど、どれほどの人員や装備があるのかも確認できておらず、受け入れる準備は整っていなかったし、入所者名簿や詳しい病歴もまだ受け取っていなかった。空では報道各社の飛ばすドローンが撮影しているのに、混乱する現場では、続々と入ってくる救急車を迎える要員すら配置できていない。車両が建物の入り口に到着しても患者を降ろせないから、駐車する救急車の列がどんどん長くなった。見かねた心臓内科のヤン教授は奮然とレベルD防護服に着替えると車両に近づき、保健福祉部主務官から患者の情報を受け取って患者たちを部屋に案内し始めた。ヤン教授はその日の朝、現場の状況を把握するためにちょっと立ち寄っていたのだ。私もあたふたと彼に従った。誰もが恐怖と好奇心を持って見ていた。

　ところが、救急車から降りてきた入所者たちは全員、元気に旅行用のキャリーバッグを引いてくるではないか。ほとんどはこざっぱりとした身なりの若者で、女性のほうが多かった。先

入観を持たないで見たら、まるで日本か中国へ卒業旅行に出かける大学生の団体みたいだ。全員がうつむいて、出迎える人の視線を避けていることだけが違った。

1週間後の3月8日はぐっと寒くなった。冷たい風の吹く夕方、大邱第2生活治療センター〔慶北大学学生寮〕に360人もの患者が入所した。学生食堂に支援本部を設置し準備をしていると、救急車が患者を移送し始めた。暗い階段で入所手続きを待っていた女性が、寒さとめまいを訴えた。暗い中で顔もろくに確認できなかったこの日の夜に入所したのは冬のコートを着た50〜60代の人々で、まるで避難民のようだった。

2月18日に大邱で初めて陽性と診断された31番の患者が新天地の信者であるとわかるや、この宗教団体は、新型コロナウイルス感染症が大邱でアウトブレイクする温床とみなされるようになった。新天地は全国民の非難を浴び、大邱や慶尚北道に居住する信者すべてが検査を受けなければならなくなった。すると2月21日の50名を皮切りに、2月末まで毎日数百名が陽性と診断された。秘密のベールに包まれていた宗教団体の実態が、大邱の信者たちが感染したことによって明らかになったのだ。3月には、大邱のあるマンションで142名の住民のうち46名が新型コロナウイルスに感染していると診断されたが、住民のうち94名は新天地の信者だった。マスコミは連日、新天地のことばかり報道した。この時、ソウル市長と京畿道知事は新天地に対する強力な制裁措置を発表し、警察の押収捜査にも登場するなどして人気を博した。2月下旬以後、新天地信者の感染者数が爆発的に増加したにもかかわらず、信者の人権に言及し、信者名簿確保や検察告発、押収措置をためらっていた大邱市長はこの人たちと比較され、ひどく非難された。

2020年4月10日、中央防疫対策本部は31番患者の確認以来実に52日ぶりに、大邱での1日の感染者確認数がゼロになったと発表した。それまでに大邱で確認された患者は6,807人で、そのうち新天地信者は4,259人（62.5%）だった。地域の信者10,459人すべてを調査すると40.7%の信者が新型コロナに感染していたという、とんでもない結果が出た。感染者のうち発熱や咳、喉の痛みなどの症状があったのは4分の1に過ぎず、ほとんどは無症状だった。すでに相当数が何の症状もなく街を闊歩していた。この人たちを調べず、感染者を隔離しなかったなら、無症状の感染者によって、地域だけでなく最終的には国全体が深刻な事態に陥ったはずだ。考えただけでも鳥肌が立つ。

　私の働いていた生活治療センターの軽症患者630人中約60%は新天地の信者で、20〜30代の女性が多かった。特に大邱第2生活治療センターにはアメリカ、中国、日本、オーストラリアの国籍を持つ7名の外国人が入所しており、そのうち6名が新天地信者だった。外国人たちはセンターにいる間、何の不満も言わなかったし、食事は毎回スープつきの韓国食の弁当だったのに、特に不平は出なかった。こんなに利口な若者や外国人を含む30万人以上の脳を完全に武装解除させ、追随者にした89歳の教祖李万熙は、実に不可思議な能力の持ち主だと言わざるを得ない。

　私はある時、70代の老人と長時間電話で話した。教員を引退した人で、退所前に言いたいことがいろいろあったらしい。

　「去年の秋、時々一緒に登山をしていた後輩に、いい話を聞かせてくれる人がいると誘われてついて行った。そこにいた人はみんなとても親切で、私のような、人生の最終段階にいる人が知っておくべきことを、いろいろ教えてくれ

た。集会の後でみんなと一緒に食事をしながら楽しく過ごせたのも良かった。6回ほどその集会に出たと思う。

　2月のある日、新天地信者の中から新型コロナウイルス感染者が出たというニュースをテレビで見た。まず家族のことが心配になり、田舎で小さな畑を耕すのに使おうと思って建ておいた小屋みたいに小さな家に、1人で移った。田舎に来てどれだけも経たない時、公務員が、早く検査を受けに来いと電話してきた。慶山保健所に行って検査を受けた翌日、陽性だと告げられた。新型コロナウイルスに感染したというので恐ろしく、周囲には私を助けてくれる人がいないので不安だった。自炊しながら、自分1人でけりをつけようと思って過ごしていた。人生の晩年にこんなふうになってしまい、寂しく悲しかった。数日すると連絡が来て、救急車で生活治療センターに入った。ここに来たら温かいスープのついた食事も出してもらえるし、暖房も効いていて、生き返った気がした。突然症状が出ても助けてくれるお医者さんがいるというのが、何よりもうれしかった。ここで過ごす間、皆さんにとてもよくしてもらった。

　マスクやゴーグル、厚い防護服をつけた医師、看護師、ボランティアの人たちが苦労するのを見ていると、とても申し訳なかった。1日中部屋にいて、その人たちの足音が聞こえるたびに数を数えた。歩幅が60センチだとして、歩数かける歩幅で計算すると、私たちのために、あの重い服装で何キロメートルも階段を上り下りするのだなと思った。ここで過ごすのが長引くほど、いっそう申し訳なくなった。今まで生きてきたことを何度も後悔した。そうしているうちに、ようやく退所できるようになった。先生、ほんとうにありがとう」

あちこちの生活治療センターに入所した新天地信者たちは連絡を取り合っているらしく、もっと条件のいい他のセンターに移してくれとか、よそはここより食事がいいとかいう人もいた。あわただしい1週間が過ぎると、退所する人がたくさん出てきた。私は彼らそれぞれにメールを送り、センターにいる間、困ったことはなかったかと確認し、退所後も元気でいることを祈った。3月の第1週に、退所した若い女性がメールをくれた。平凡な印象を与える人だった。

　「わたしは、今マスコミでよく言及されている〈新天地人〉です。そして新天地人である以前に、わたしも誇り高き大韓民国の国民です。ニュースに接するたび、防疫のために尽力されている疾病管理本部および病院関係者の方々、そして軍人や消防隊の方々、大邱市に対して申し訳ないと思いました。新型コロナウイルス感染症による被害が拡散したことについて、新天地人の1人としてほんとうに申し訳ないと思っています。しかしわたしたちも感染拡大を防ぐため疾病管理本部や大邱市に積極的に協力し、一生懸命努力しています。わたしも入所中、早く完治するのが国や大邱市のお役に立つことだと思い、いっそう注意して健康管理をするようになりました。

　マスコミが誤った報道をして、新天地について誤解を与えることがよくあります。わたしたちも知らないうちに感染し、またそのことで皆様に大きな迷惑をおかけして、とても申し訳ありません。でも医療に携わる方々は、マスコミの報道だけを信じて治療を行うようなことはなさらないでください。お願いです。そんなわたしたちを治療してく

ださって、ここにいる間、ずっと感謝していました^^。

　これからも大邱生活治療センターを通じて、たくさんの患者さんが完治するよう、頑張ってください。皆様のためにお祈りいたします。大韓民国国民として、若い新天地人の1人として医療スタッフとボランティアの方々に、改めてお礼を申し上げます^^」

　ある看護師が新聞に寄稿していた。「新天地信者も人間でした」と。

　医療従事者の見た新天地の信者たちは、他とまったく変わらない、ごく普通の患者に過ぎなかった。

ソウルの医者の大邸の両親

イ・ウネ
順天郷大学富川病院　映像医学科教授

　私は慶北大学医学部を卒業し、上京してソウル峨山病院で専門研修を受け、現在は首都圏の病院で映像医学科教授として働いている。今では大邸で暮らした期間よりも、故郷を離れて別の地域で暮らした期間の方が長くなった。大邸の新型コロナウイルスの感染現場を直接経験することはできなかったが、2020年の冬と初春に大邸を襲った新型コロナウイルスの嵐は、私にも大きな影響を及ぼした。

　大邸に暮らす私の両親の話だ。両親は、その時代には珍しく恋愛結婚をしたにもかかわらず、ここ数年はしょっちゅうケンカをしていて、このままでは熟年離婚してしまうのではないか、と心配になるほどだった。私の目には大した問題でもないようなことで、なんだかんだと言い争っていたが、両親にとっては深刻な問題のようだった。ちょうどそんな2019年12月の初め、突然父が倒れた。

　父には糖尿や高血圧の症状はなく、これまで一度も入院したことがなかった。脳卒中で急性期病院に3週間入院したのち退院することになったが、脳卒中の後遺症で歩行がままならず経鼻胃管と尿道カテーテルをつけた父を、家で母が一人で面倒を見るのは無理だった。そのため、役所に長期療養保険〔日本の介護保険にあたる制度〕の等級認定申請をし、両親の家の近くの療

養病院に父を移した。

　私は長女であるにも関わらず、忙しいことや生活費を出していることを言い訳にして、両親に無関心なほうだった。そのため普段実家に帰るのは2、3カ月に一度程度、それも両親と数時間過ごしては戻り、〔正月やお墓参りのような〕祝祭日にも電車のチケットが取れないことを理由に当日の朝早くに帰省して、ご飯だけ食べて戻ってきたりしていた。

　両親が今住んでいる家は私が幼い時に暮らした家ではないため、なんとなく馴染めず、落ち着かなかったせいもある。そんな私も父が入院してからは、2週間毎にお見舞いに行った。お見舞いと言っても、経鼻胃管を挿入している状態で看病人[1]もいたので、食事の世話などをすることもなく、しばらく側にいて帰るだけだ。実際は母をねぎらいに行っていたのである。「お父さんのせいで、全くやってられないよ」と言っていた母だったが、今では、家の近くにいながら病院から出られない父が余りにも可哀そうだと、毎晩泣いていたからだ。

　父の意識状態は段々と悪化した。初めは長女を認識していたが、1月初旬には、私を一瞬見つめるだけで、歓迎もしなくなった。言葉も思い通りに話せなくなり、筆談をした。旧正月の連休に帰省した時には、まだ寝る時間でもないのにずっと寝ていて、声をかけても、無関心な様子で一瞬目を開けるだけで、すぐにまた寝てしまった。かろうじて父と意思疎通が図れるのは、家族の中で母だけだった。50年も一緒に暮らしていると、目つきだけ見ても通じるのか……。母は毎日病院に通い、心を込めて世話をした。顔を拭いてあげ、手足を洗ってあげ、靴下

1）韓国の病院では、日本のような完全看護ではなく、患者の身の回りの世話は、家族か家族が雇った「看病人」が行うことになっている。病室が四人部屋なら、その四人の患者で一人の看病人を雇うことも多い。

を変えてあげ、枕カバーを交換して、絶えず声をかけ続けた。

　私は２月の年度末まで勤め先の病院で重要な任務を任されていたが、２月初めにその病院で新型コロナウイルス患者が発生したため、非常事態となった。そして程なくして、大邱でも新型コロナウイルス患者が発生し始めた。数日後には父が入院している療養病院から面会を禁止するとの携帯メールが届き、事態は深刻な状況になっていった。母に、療養病院が面会禁止で父にも会いに行けないのだから、気分転換も兼ねて、富川[2]に来たらどうかと提案したが、父を置いて行けないと言われた。別居するから部屋を用意して、と切々と訴えていたのはいつのことだったか……。

　必死の説得により母が富川に来たものの、生活パターンも違うし父が気になって仕方がないと、３日目の朝に帰ってしまった。一日中父と孫たちの面倒を見て、早くに就寝する母に比べると、私は夜行性だ。母が大邱に戻った翌日、病院長が全職員に「大邱訪問禁止令」を発令した。ホテルでの結婚式や「新天地」に関することで大邱に行ってきた職員らがいたため、その後数日間にわたって検査が実施されたが、私も検査を受けなければならないのか少し悩んだりした。なお先月、父が入院している療養病院の患者、職員、看病人を全数検査したが、幸いにも全員、陰性の結果だった。

　２カ月が過ぎたが、父はまだ「面会禁止」「訪問禁止」状態だ。母が、ずっと家にしか居られず息が詰まりそうだというので、一度、妹一家が母を連れて、浦項[3]にムルフェ[4]を食べに行っ

2）韓国北西部の京畿道に位置し、仁川市とソウル市に挟まれている市。

3）大邱市の北部に隣接する慶尚北道の東海岸にある港湾都市。

4）浦項の郷土料理。ムルは水、フェは刺身の意味で、ご飯の上に刺身と野菜、薬味、コチュジャン（唐辛子味噌）などを乗せ、冷たい出汁スープをかけて食べる料理。

てきた。私はといえば、病院での重要な任務も既に終了し、新型コロナウイルスのせいで一般患者も減っていたので、週末に大邱へ行ってくる時間は十分にあったもののまだ行けずにいる。富川と大邱の中間に位置する天安で母と妹一家と会い、温泉にでも出かけようかとも考えたが、もしも病院に、患者たちに、迷惑をかけることになったらと思ってあきらめた。私は、会堂に集まって礼拝を行うことを教会が自主的に自粛すれば済むことなのに、政府が強制的に礼拝を禁止するのは宗教弾圧だと思う[5]。しかし、もしかしたら私のせいでいろいろな人が大変なことになるかもしれないと思い、2カ月間、オンラインでの礼拝のみに参加している。

私が働いている映像解析室、超音波室、乳腺センターと研究室の間の動線、家から病院までの動線などを考え、もしかしたらと思うと母に会うこともできず、教会に行くこともできない。私は一般人ではなく医者であり、私たちの病院を含むすべての大学病院には、免疫力の低下した重症患者がたくさんいるからだ。

今回の大邱の新型コロナウイルス騒動の始まりが、朝鮮族[6]の看病人だという疑惑があった。以前に父が入院していた急性期病院は4人部屋で、朝鮮族の看病人である中年女性が一人いた。24時間ごとの交代勤務で非常に大変だったろうに、父がわけのわからないうわごとを繰り返し言っても、平然と対応してくれた。現在入院中の療養病院は8人部屋で、朝鮮族の中年男性の看病人がいた。この方は、6日間連続勤務して日曜日に一

---

5) 新型コロナウイルスの感染拡大を受け、2020年2月28日韓国政府は、集団感染や事態の長期化を防ぐため、当面の宗教集会の自粛を要請する緊急文書を発表した。

6) 中国の少数民族で、中国国籍を有する朝鮮民族。中国から来た朝鮮族の人が出稼ぎとして看病人を行っているケースも多いという。

日休む。母が毎日通っているからか、毎週心づけを渡しているからか、愛想がいいと、母は満足していた。しかし、その看病人は旧正月の直前に、故郷である中国に行ってしまい、別の人が代わりに来たのだが、とても不慣れな様子だという。その上、今でも療養病院は面会禁止状態なので、この看病人が父の世話をきちんとしているのかどうか確認のしようがないのだ。それでも母は、毎日病院に行き、ロビーで看病人に会い、父の靴下とタオルを渡し、前日のものを受け取ってくる。土曜日ごとに心づけも渡し……。しかし、故郷に行った愛想のいい看病人の男性が中国の春節が終わって再び復帰するかもしれず、もしかしたら母がその看病人に変えてほしいと頼むかもしれないと思い、絶対にそうしないよう頼みこんだりもした。今のところ、その朝鮮族の看病人は戻ってきていない。まだ中国にいるのか、それとも韓国には戻ってきたが別の病院で働いているのかはわからない。

　以前はこうした分野に関心がなくて気付かなかったが、東大邱駅[7]から漆谷[8]の間を行き来してみると、療養病院の多さにとても驚く。確かに、私も家で父の面倒が見られる状況ではないし、大部分の家庭が共働きをしているのだからこの状況を理解できるのだが、あのたくさんの療養病院のベッドにいる患者たちを思うと人間として心が痛い。父を含めて、療養病院で意識が不明瞭な患者たちの「人間の尊厳」がきちんと守られているだろうか、病院代は皆さんどうしているのだろうか、と心配になる。長期療養保険の適用があると言っても病院代が毎月百万ウォンは掛かるのだから、何年も入院していたら、家族がす

7）大邱広域市大型ターミナル駅。大邱広域市東区にある。
8）大邱広域市北区に位置する地域。

べて負担するのは厳しい。私たちが支払った税金を政府が国民に還元するものではあるが、国家が看病人の費用まですべて責任を持つというのも難しい。2026年には、大韓民国が超高齢化社会に突入し、人口の5人に1人が65歳〔数え年〕以上の老人になるというが、今からでも、個人レベル、国家レベルで、これに対する準備が必要だろう。あれこれ考えてみると、私も貯蓄をもっと一生懸命しなければ、という結論に達する。

　新型コロナウイルス問題もいつかは終わりが来るだろう。再び「自由」な時期が来たら、私は嫌いだが、母が一番好きなお刺身をご馳走したい。お刺身が好きな父を思って、母はまた泣きそうになるだろうけれど……。

　今日はとりあえず、母が好きなチャメ〔マクワウリ〕でも一箱送らなくちゃ。

他人を悪く言うのはやめよう

クァク・トンヒョプ
郭病院院長

　それまで新型コロナウイルスの感染が確認されていなかった大邱で、ある宗教団体を中心にクラスターが発生して以来、大邱は世界から第2の武漢と呼ばれ、大韓民国においても仲間はずれになりかけている。他の地域で新しい感染者が出ると、一番初めに大邱との関わりを追跡するそうだ。ある高齢の患者は大邱出身であることを隠してソウルのB病院に入院し、その後の検査で新型コロナウイルス陽性と判明した。そのため病院施設が一部閉鎖されることになり、この患者を刑事処罰すべきだという意見が相次いだ。しかし実のところこの患者は、大邱出身であることを理由にソウルの他の病院で診療を拒否され、やむなく嘘をついたのだ。後日わかったことでは、この方は入院期間中ずっとマスクをするなど徹底的に気を配っていて、B病院では新しい感染者が一人も出なかったそうだ。江原道で任務についている軍人と結婚式を挙げた当院の看護師も、新婚旅行から帰ってからは夫と会えなくなった。大邱を訪れたり、大邱の人と接触したりしたら2週間の隔離対象になるので、行き来できなくなったのだ。大邱の人が他の都市に出張しようとすると、新型コロナウイルスの検査結果を提出するよう要求されるケースも多い。

　大邱で新型コロナの集団感染があったと報道されると、すぐ

さま全国各地から援助の手が差し伸べられた。しかしその一方
で、大邱をまるでウイルスの塊であるかのように扱い、ひどい
発言をする人たちもいる。「大邱コロナ」「大邱は救いようがな
い」「特別災難支援金を出すな」「迷惑な大邱をわが国から切り
離そう」など、口にするのもはばかられるようなことをイン
ターネットに書き込む人たちもいる。実のところ、与党のス
ポークスマンの口から「大邱封鎖」という言葉が出た時も、大邱
の人たちはただ胸を痛めるばかりで、伝染病が蔓延した大都市
で予想されるような暴動の気配はまったくなかったし、ソウル
に行って政府に抗議するようなこともなかった。武漢の例に見
られたように、大邱以外の地域がこんな差別を受けたら、大小
の暴動が起こって統制不可能な状況になったかもしれない。し
かし大邱市民は、都市を脱出するどころか他の地域の冷たい視
線や侮辱的な差別を黙って受け入れ、外出を自粛することによ
り、新型コロナウイルス感染症の拡散防止に積極的に協力し
た。

　そもそも、大邱の人たちの過ちによってわが国に新型コロナ
ウイルスの感染が拡大したわけではない。かつて世界帝国を築
いたモンゴルのチンギス・ハンが、敵に拉致された妻を救出す
ると、妻は敵将の子供を妊娠していた。しかしチンギス・ハン
は、妻はもちろんのこと、お腹の子供も受け入れ、自分の息子
として扱ったという。なぜなら、それは妻の過ちではなかった
からだ。同じように、過ちを犯してもない大邱の一般市民を悪
く言うのは、極力慎むべき間違った行動だ。

　中国に続いてわが国に新型コロナウイルス感染症が拡散して
いた頃、コリアじゃなくてコロナだとからかい、対岸の火事を
見物するような態度を取っていた世界の国々が、今、われわれ
よりもひどい状況になっている。このウイルスは感染しても無

症状や軽症であることが多いけれど、伝染力は特に強く、誰もが感染する可能性がある。そのため、いかなる人も、国も、新型コロナから自由ではいられない。こんな状況で特定の対象を嫌悪し、非難し、罵ることは事態の解決に何の役にも立たない。そうした言動は人々の心にしこりを残し、事態を悪化させるばかりだ。

　大邱の感染者が連日数百名規模で発生していた2月末、大邱を取材していたアメリカABC放送の記者は、「ここには恐慌も暴動も嫌悪もない」と言い、「大邱は新型コロナウイルスに打ち勝って生きる時代のモデル」だと全世界に向けて報道した。この記事は絶望に陥っていた大邱市民たちに大きな慰めになり、また、自らを振り返る機会ともなった。

　大邱と慶尚北道は、昔から新羅の花郎〔新羅時代に結成された青少年の修養団体〕精神、朝鮮王朝の儒者精神、壬申倭乱〔文禄・慶長の役〕の際の義兵活動、大韓帝国末期の国債報償運動、朝鮮戦争中の洛東江防衛戦線などで国を守った、国難克服の砦だった。人々は今度の新型コロナウイルス感染症の流行においても、節制の効いた生活と犠牲精神で、感染が国全体に広がらないよう最善を尽くした。戦時に次ぐ非常事態である今こそ、新型コロナ克服のために互いを非難するのではなく、他人のことを悪く言わない世の中をつくることが必要だ。

大邱の力と希望

キム・デヒョン
啓明大学東山医療院家庭医学科教授

　中国で発生した新型コロナウイルスは初期に遮断できず新天地イエス教会の信者を介して大邱を中心に爆発的に広まったと思われる。

　2020年2月18日韓国内で31番目の感染者が大邱で発見されて、新型コロナ大規模攻勢第1波が始まった。力尽きる直前まで闘い勝ち抜いたいま、大邱のあちらこちらで新緑とともに誇りと自信が芽吹き育っている。まさに大邱の底力と希望を見る思いだ。

　韓国で初めて新型コロナウイルスによる死者が発表された2月20日、私はレベルD防護服を着て、新学期に合わせて中国から戻ってくる学生たちの選別診療に取りかかった。感染者が大量に発生している故郷と大邱を結ぶ直行便がないため、ソウル経由で深夜に大邱へ到着した中国人留学生たちは、自分たちが感染症の宿主になるのではないかと心配して萎縮している様子だった。ウイルスが最初に発生した地域、早い時期にその危険性を適切に伝えてこなかった中国政府には過失があっても、若い学生たちにいったいどんな罪があるというのか？　その後何日も経たないうちに大邱でも感染者が急増したため、新学期の登録や韓国への入国を諦める留学生が増え、本国に帰国する学

生まで現れた。数日のうちにあらゆる立場が逆転した。

　これまで長い間、人びとは「疫病（伝染病）」にさまざまな意味を持たせ、集団災難、堕落に対する審判、メタファーとして用いてきた。社会に科学的思考が定着する以前は、疫病は外部からの邪悪な気や人間の内にある精神的問題が物理的かつ身体的に発現したものだと解釈されてもいた。

　スーザン・ソンタグが著書『隠喩としての病い』で著したように、疾病は侵略であり爆撃にもなりえる。新型コロナウイルスに襲われた大韓民国・大邱は、100人を上回る戦死者が出た戦時下そのものだった。大邱はウイルスの発生地という不当な汚名を着せられ、孤独な戦いを強いられた最前線になった。大邱市民の中にはこうした状況を、70年前の朝鮮戦争当時、洛東江を血で染めて釜山を死守した釜山橋頭堡の戦い〔1950年〕にたとえる人もいた。

　感染症が流行する災禍ともいえる状況で、人びとが社会に対する不安や怒りの感情をある個人や集団に責任を負わせようとする現象を「魔女狩り」あるいは「スケープゴーティング（scape-goating）」という。ヨーロッパでペストが流行していた頃さかんに行われていた魔女狩り、日本で関東大震災が起きたとき朝鮮人をスケープゴートに追い込んだ現象も社会に対する不安や怒りの表れである。

　そもそも患者は自分の病気に対して責任を負う必要はない。しかし感染症患者は誰かに病気をうつすかも知れないという不安から自らに罪悪感を抱くことがある。自身を被害者ではなく感染の媒介者だとみなす社会的ラベリング（labeling）を額面通りに受けとめてしまうと、自分に対して否定的に考えるようになるからだ。

2月末、新型コロナウイルス感染者があっという間に増えると、世間は新天地を魔女狩りの対象にし、世論の一部は一時的ではあったが大邱・慶尚北道地域にレッテルを貼ろうとした。ほかの地域に先だって患者が発生し、新型コロナウイルス感染症の最前線で悪戦苦闘する大邱・慶尚北道を、国家を危機的な状況に陥らせ騒ぎを起こした地域だと見なしてのけ者にしようとする世論が形成されていた。感染者の家の扉に釘を打ち都市を封鎖した武漢のように、大邱・慶尚北道地域をロックダウンしようという意見が慎重に検討されたりもした。

　与党の院内報道官は「封鎖」という用語をそのまま使い、地域住民を絶望させた。海外から早期にウイルスを遮断できなかったために大流行に至った感染症に対する不安と怒りを、患者に転嫁し「スケープゴート」にしようとする集団心理が現れたのだ。無報酬で奉仕に志願した民間医療関係者の努力や成果を誹謗する動きもあり、特に高校生が肺炎で死亡すると、医師の正常な治療や診断過程を問題視したり大学病院の検査室を閉鎖したりした。

　打つ手のない伝染病の集団発生によって大邱が置かれた状況や市民の不安や集団心理は、カミュが『ペスト』で表現したこととさほど違いはなかった。不安や医療崩壊が起こり、ともすればいくつかのヨーロッパ諸国のように急激に生き地獄と化しかねない都市を死の淵から救ったのは、大邱の医療関係者や市民だった。大邱市医師会は公共の安泰と利益のために積極的に動き、医療関係者らに呼びかけてボランティアを要請した。大邱市民は円熟した市民意識で、自宅隔離とソーシャルディスタンスを実践した。地元の医療関係者が多数ボランティアに志願し、遠く離れた地域からも多くの医療関係者やボランティアが

職場を投げ出して駆けつけた。支援の要請に1週間休みを取ってすぐさま大邱に駆けつけてくれたソウルのキム・スクヒ先生、光州広域市医師会のボランティアに橋渡しをしてくれたソ・ジョンソン院長、ソウルで開業している後輩のチョン・インチョル院長は2カ月もの間ひたすら選別診療を手伝ってくれた。緊迫した状況で汗だくになった一人ひとりの顔を忘れるわけにはいかない。その他にも全国から駆けつけて助けてくれた医師や看護師の先輩後輩、縁の下の力持ちとなって働いてくれたボランティアのみなさんに感謝を表したい。

災難（Dis-aster）という言葉は、方角を示す星すら消えた真っ暗な状況に由来しているそうだ。大邱に駆けつけた彼らは感染の危険をものともせず現場に入り、『ペスト』の医師リウーのように命をかけて目に見えないウイルスに向き合い抗った。みんなが団結しレジスタンスのように戦ったおかげで、大邱は星も見えない真っ暗な闇から無事に抜け出すことができたのだ。このコロナ禍によって、利己主義と個人主義が蔓延したこの時代でも随所に善意を持った人が多く存在し、この世はまだまだ捨てたものではないと思うことができた。

　家族から隔離させられてつらい日々を送った数千人もの患者、家族にうつしてしまうのではと恐れて診察後も帰宅できず仮眠室でまんじりともしない夜を送った医療従事者、患者のケアにあたって感染した同僚。新規感染者が1日10人前後にまで減った今、彼らの苦悩の日々を忘れず、温かい言葉をかけてあげたい。国が危機に瀕するたびに結集する義兵のごとく先鋒となってウイルスと戦った医療従事者やボランティア、そして彼らに贈られた国民からの激励は、今後予想される新型コロナウイルス第2波をも乗り越える力になるだろう。

数カ月間の自宅隔離とソーシャルディスタンスが、習慣と惰性のままに過ごしてきた自身を静かに振り返る省察の時間になったという人もいる。しかし、大邱があたかもウイルスをうつす地域であるかのようにレッテルを貼られた記憶はまだしばらくの間トラウマとして残るかも知れない。完治したあとでも、一時的にとはいえ災いの責任を感染者たちに負わせるような非難の声にストレスを受け、うつ病に苦しんでいる人が診療室で見うけられる。

　新型コロナウイルスとの戦いに成功した大邱の努力は韓国のイメージアップにつながり、総選挙では与党の勝利に寄与したようだ。カミュが主張した世の中の非合理さ、「不条理」は新型コロナウイルスとの戦いでさらに具体的になった。手柄は政治家のものになり大邱には過ちだけが残ったとしても、再びこのようなことが起きたならその時大邱は、転げ落ちる岩を背負って一歩ずつ山頂に向かうシシュフォス[1]の心情で、世の中の不条理に立ち向かい、不条理を乗り越えることだろう。

　大規模な集団感染が大邱以外の都市で起こったら、どうなっていただろうか？　もちろん多くの大邱市民はそのような状況を考えてもいないが、大邱が真っ先に非難の的にされた経験がどこかで活かされることを願っている。

　新型コロナウイルスの攻撃を真っ向から立ち向かい勝利を勝ち取った大邱は、今やこの経験をもとにより大きなビジョンを描いている。コロナ禍をきっかけに、これまで幾重にも積み上げてきた自由と原則と伝統に対する信念、道徳性といった大邱の真価がはっきりと姿を現し、大邱の未来はさらに人間らし

1）ギリシャ神話中のコリント王。重なる悪業の罰として、地獄でたえず転がり落ちる大石を山頂へ押し上げる永遠の空しい苦業を課せられた。

く、充実したものになるだろう。

　無我夢中で過ごした2020年春、「魔女狩り、スケープゴート」の記憶を克服し、改めて「大邱の底力と希望」を考えている。

あとがき

──2020年大邱の春

希望に満ちているはずの年明けにやって来たのは、招かれざ
る客、新型コロナウイルスだった。それは決してかんばしい思
い出ではなく、残された傷は深く重い。わが国に30名ほどの患
者が発生した2020年1月20日以後の約1カ月間、新型コロナウ
イルスは遠方の大火災から飛んできた火の粉に過ぎなかった。
しかし2月18日に大邱で最初の患者が発生するとすべての日
常が崩れ、都市は一瞬にして静寂と恐怖に包まれた。新天地の
信者を中心に、毎日数十名から数百名の感染が確認された。2
月29日には741名が陽性と診断されるなど、炎は手がつけられ
ないほど私たちの生活空間に燃え広がった。市民は毎日発表さ
れる感染確認者数を見て不安にかられた。陽性と判定された患
者は順番に病院に入院したけれど、すぐに陰圧室のキャパシ
ティを超えてしまい、医療システムは崩壊に直面した。

　事態が急速に悪化すると、大邱の状況を心配そうに見守って
いた医療界に極度の緊張が走った。全国から医療関係者やボラ
ンティアが大邱に駆けつけ、国民も気が気でなかった。政府と
大邱市は新型コロナウイルス感染症のための病床を拡充して治
療に当たり、収容できない重症患者は光州、全州、釜山を始め
とする全国各地の病院が受け入れてくれた。

　大邱・慶尚北道(以下、慶北)と近隣の十六カ所に生活治療セン
ターが設置され、大学は学生寮を提供した。全国の病院もセン
ターに医療スタッフを派遣し、3,000名以上の患者が入所した。
医療従事者、公務員、軍隊の将校や兵士、関係職員たちが、防
護服の中で汗を流した。当時は、世を去った隣人に心を痛める
精神的な余裕すらなかった。しかし私たちはついに、患者を治
療し、国民の恐怖心を取り除き、地域社会を感染から守るとい
う任務を成し遂げた。その間、市民も外出を自粛して誠実に努
力していた。皆が真っ暗な闇の中の泥水で生存のためにあがい

ていたけれど、黒雲に覆われていた空に、少しずつ日が差し始めた。

　わが国に新型コロナウイルス感染症が登場して100日が過ぎた。これまで感染が確認された全国の10,780名のうち大邱市民は64%（6,852名）で、慶北を含めると68.5%を占める。命を落とした249名の大部分は大邱・慶北の住民だ。今度の新型コロナは、まさに大邱で繰り広げられた戦闘だった。

　私も、3月の初めからひと月ほどは新型コロナウイルス感染症治療の現場にいた。ウイルスは恐ろしく、時には背筋が凍る。しかし隣人が病んで苦しんでいるのに何もできないという無力感は耐えがたかったから、どこでどんな仕事が与えられてもやると申し出て、生活治療センターに配置された。そして全国から矢も楯もたまらず駆けつけた医療関係者、ボランティア、公務員、軍人と共に懸命に働いた。

　ボランティアで大邱に来た人たちは、戦場に向かう兵士のような悲壮な覚悟で、家族と涙の別れをしてきたそうだ。私たちはただ大邱に暮らし、毎日新型コロナ専門病院に出勤していたけれど、彼らは大邱に入ったとたんにウイルスに感染すると信じているように見えた。私たちは、まるで違う世の中に暮らす異邦人みたいだと言って笑った。しかし時間の経過とともに、助けに来た人と、ずっとここで暮らしていくために頑張っている人は、心構えが違って当然だという気がしてきた。大邱の医療スタッフの方がより熱心に診療したというわけではないだろうが、患者が身近な人であれば、いっそう身につまされるのは事実だ。これは私たち自身のことであり、代わってもらうことができない自分の任務だという切迫した気持ちがあったからこそ、必死だったのだ。

私たちは、死の淵を脱出して無事に帰宅する隣人の後ろ姿を眺めながら、安堵のため息をついた。努力が報われた。退院した人たちも、心から感謝してくれた。感謝の気持ちを記した長文の手紙をくれた人もいたし、自分が偉大な大韓民国と国民に支えられているということを、生まれて初めて実感したと語る人もいた。ある主婦は、自分よりも家に残された家族への配慮を求めた。私たちは隣人の哀歓を十二分に感じ取っていた。

　大邱で新型コロナウイルス感染症の流行を経験したことで、感謝すべきことは数えきれない。私は、自分が患者を助けたより、もっと大きな思いやりを贈られ、慰められていた。全国から、医療スタッフを激励し患者たちの回復を願う気持ちが寄せられたことに、心底感動した。すべてを投げだして大邱に駆けつけてくれた全国の医療従事者、公務員、ボランティア、軍人、そして声援を送ってくれた人たちの温かい気持ちは、いつまでも忘れられないだろう。社会共同募金会や赤十字社、医師会を通じて寄贈された多額の寄付金と膨大な医薬品、食料品、それに添えられた心のこもった手紙に、目が潤むこともしばしばだった。

　學而思の申重鉉（シンジュンヒョン）代表から、大邱の診療現場で起こった医療スタッフの記憶を、私たちの時代の記録として残そうと提案された。まだ終息したわけではないけれど、少しずつ安定を取り戻しているから、それも必要だと思った。とてつもない犠牲を出した大邱の新型コロナウイルス感染症の記録は公式の白書に残されるだろうが、汗と涙でぐしゃぐしゃになった第一線の医療従事者の断想は、記録しなければ忘却の淵に沈んでしまうはずだから。

大邱が新型コロナウイルスの攻撃を全身で食い止めた経験は、未来を準備するのに役立てられなければならない。6時間未満の短期記憶はニューロン同士の連結によって保持されるが、それ以上の長期記憶には特別なたんぱく質の合成が必要だそうだ。本書が大邱の医療現場を記憶するための、一種のたんぱく質になることを願う。

2020年5月

慶北大学医学部教授　大邱第1、第2生活治療センター　前センター長

李載泰
（イ ジェ テ）

❧ 編者紹介

李載泰（イ・ジェテ）

医学博士。慶北大学医学部核医学科教授。

韓国核医学会会長、韓国国家科学技術審議会専門委員、大邱慶北先端医療産業振興財団理事長などを歴任。2020年の新型コロナウイルスの感染拡大期には、大邱第1、第2生活治療センターのセンター長を務めた。

これまでに、米国核医学学会誌優秀論文賞をはじめ様々な学術賞を受賞している。